私のまわりの、神様たち

総集編

藤原靖子
Fujiwara Yasuko

文芸社

私のまわりの、神様たち　総集編　目次

第三章　震災の中で……73

孫という名の天使　133

第一章　世間の中で

リンゴの光景

夜遅く、明日のためリンゴをむいていた。リンゴの赤い色を見ていて、今日の夕方に目にした光景を思い出した。

三宮オーパの入口のそばには大きな柱があり、そのあたりにはいつも老人のホームレスが新聞を敷いて座っているのだが、珍しく、その人のそばに大きくて真っ赤なリンゴが一つ置かれていた。私は、「誰かの差し入れかしら？　よかったね」と心の中で呟いて通り過ぎた。

買い物が済んで、またその人のそばを通りかかると、あのリンゴがそのままあった。よく見ると、リンゴの半分は茶色になってくさりかかっていた。とても食べられない。

その光景はつらいもので、今思うと、おいしいちゃんと食べられるリンゴを差し上げればよかった。

私は今、家族のためにリンゴをむいている。それが申し訳ないほどの幸せに思えた。

（平成十二年十一月二日）

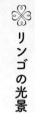

忘れものが教えてくれた

夕方、元町の東京三菱銀行に行く。お客は少なかった。

ふと見ると、ATMの右上に新札の千円が一枚あった。これはどういうことなのかと、一瞬、まわりを見る。誰かが私を試しているのかな。いや、そんなことはどうでもいい。

ATMで自分の用を済ませてから、横のインターホンで係の人を呼ぶ。

「明日、警察に届けますので」

係の人はそう言って、私の住所と名前、電話番号を聞き、

「半年たって申し出がなかったら、あなたのものになります」

と言った。

今度は第一勧銀に寄る。

すると、今度はATMの上にキャッシュカードが置かれていて、さっきと同じように係の人に届けた。

同じようなことが二回もあるなんて不思議な気がした。何かいいことがあるかもしれない……そう思って銀行の隣の宝くじ売り場で宝くじを買った。ジャンボ宝くじも

十枚買った。

ちょっぴりいいことしたから当たるかも。

でも、神様はちゃんと見ていた。こんな汚れた心を持っている私に幸運が来るはずはない。それでよかった。けれど、宝くじを買ってからの数日間の「もしかしたら……」のあの興奮を三千円で買ったと思えば安いもの。本当に当たらなくてよかった。

その後、私の不在中に落とし主から家に電話があり、

「銀行に来たらキャッシュカードが届いていたのでうれしかった」

とお礼を言ってくださったそうだ。その言葉のほうがどんなにうれしかったことか。

（平成十二年十一月二十八日）

ありがとう

少し障害のある女の人が、ＪＲの六甲道から乗ってきた。向かい側の席に座っていたその人が、ツカツカと私の座っているところに来てしゃがんでいる。席でも代わって欲しいのかと思っていたがそうではなく、私の足元にある空カンが欲しかったの

だ。それを手に取って自分の席にもどった。

また、とことこと歩き出した。別のところから、捨てられていたプラスチックのケースとか、くしゃくしゃに丸められた紙くずを拾ってきた。

その人の足元には空カンが二つと、その他のゴミがまとめられている。

電車が住吉駅に着いた。全部のゴミを自分の足元からかかえてホームのゴミ箱に捨てていた。

その女の人のそばを通る時、ゴミを車内に置き去りにした人の代わりに、「ありがとう」とお礼を言った。

（平成十三年四月二十三日）

妻の涙

その日は祭日だが出勤になり、会社が終わって午後三時半頃、大丸デパートの近くを歩いていた。すると、前方を歩いている男の人が突然、自分の横にいる女の人を叩いたのだ。

年の頃は私たち夫婦と同じくらいだろうか。男の人は本気で怒っているようでツカツカと早足で歩き出した。そのあとを女の人が笑いながらゆっくり歩いて、

「そんなに怒らなくてもいいじゃないの」

と声をかけているが、男の人は全身怒りの中、女の人との距離を広げた。

そのあと私が用を済ませて戻ってきたら、なんとその二人にまた会ったのだ。今度は女の人が前を歩き、男の人は後ろからついていっている。すると、急に女の人が振り向き、男の人のそばに戻ってきた。女の人の目は赤く、涙をいっぱいためていて、くしゃくしゃの顔をしている。

二人の間に何があったのか知らないけれど、きっと家を出てきたときには仲良く楽しい時間の始まりであったと思う。それが何かの行き違いでケンカになってしまったのだろう。妻は最初は外面を繕って笑みを浮かべていたのに、夫の態度にそれがプツンと切れてしまい、みじめさと情けなさと悲しみで、たくさんの人が行き交う中、両頬に涙を流しながら夫のところに戻ってきた……。

こんな光景、生まれて初めて見た。

私が主人と歩いているときに、こんなことになって見ず知らずの人に心配をかけてはいけないよ、と教えてくれていたのかな。気をつけるね。

（平成十三年五月三日）

二人のヒミツ

会社のお昼休みに郵便局に行った。窓口で若いお母さんが局員さんと話している。お母さんの左側にはベビーカーがあって、男の子がお母さんのスカートを持ってぐずって泣いている。お母さんはそんなことはおかまいなしで、ずっと話していた。

お母さんの隣にいた私が男の子に笑顔を送ると、ピタッと泣いているのが止まった。でも少ししたらまた泣き出したので、今度はもっとオーバーにニコッと笑ってみせる。するとまた泣きやんでこちらを見た。それを何回もくり返した。

男の子はお母さんのスカートに隠れるようにして私を見ている。局員さんとお母さんは、そんなことは何も気づいていない。私と男の子のヒミツ。

ようやく話が済んだのか、お母さんがベビーカーを押して私の横を通り過ぎようとしたそのとき、私が笑顔を作るたびに泣きやんでいたかわいい男の子が、「バイバイ」と何回も手を振ってくれた。郵便局の外に出るまで、ベビーカーから体を乗り出し、振り向いてまで手を振ってくれた。

こんな幼い子どもでも、自分が愛されていることがわかったら、ちゃんと愛のお返しをしてくれるとは、本当にうれしかった。

私も、二度と会うことはないだろう男の子に大きく手を振った。

（平成十三年十一月六日）

みかんとシンビジューム

街はルミナリエで大変な人混みである。会社からの帰り、一人元町に行ってみる。大丸の北側にはベンチがいくつか置かれている。いつも数人座っている姿が見られるが今日は一番東側のベンチに一人若者が座っていた。大きなボストンバッグが組んでいる足の右の方に置かれていた。何かを食べているようだった。大きなサンドイッチでも食べているのかなと思いながら前を通った時、それはパンの耳だった。

小ざっぱりした姿の男性はホームレスの人だったのか。ルミナリエで楽しそうに歩いている集団とは異なる世界のようで、何かを背負って逃避してきたような、その人だけ同じ年頃の中で浮いていた。

いつもなら夕方になると数人のホームレスの人がベンチを利用している。若い三十代そこそこの人がルミナリエを見学に来た人たちを見て、一人何を思うだろうか。

甘い甘いみかんがバッグに二個入っていた。会社で、「こんなおいしいみかん食べたことないね」と言って食べたみかん。その人の前を通り過ぎてから思い出し戻って行った。みかんを一個差し出した。少しためらっていたけど大きな手がみかんをつつんでくれた。

別れてから、二個持っていたのにどうして二個もらってもらわなかったのかと思ったが、一個のみかんだからこそ、彼はこんなおいしいみかん食べたの久しぶりだよと流れる人々の足音を聞きながら思ってくれるよとその場を後にした。

もう一つのみかんは母へのプレゼントにした。

次の日、会社に行くため住吉駅で電車を待っていた。土曜日なので空いていて、めざすところに座ろうと乗りこんだ。

まるで私のために置かれているように、長椅子に一枝のシンビジュームが置かれていた。まわりの人を見渡してみたが誰も気がつかないのか、それとも見えないのか。私は尊いものを抱くように会社に持って行った。花束として置かれていたら届けていたと思うが、本当に一枝だけの花だったから。

葉と同じみどり色がかった花は目立たないなかに気品を匂わせていた。

花好きな母へのみやげにした。クリスマスにはクリスマス用に、お正月にはお正月らしく、いつも主役で楽しませてくれるはずだ。

前日のみかんが次の日美しい花となって、私の前に現れたのかと思って胸を熱くした。

この子がいるから

（平成十三年十二月十五日）

会社の先輩の木村さんが、「おいしいスパゲッティ屋さんがある。一回、藤原さんを連れていってあげたい」と言っていたので、今日、案内してもらった。

ＪＲ神戸駅からバスに乗り、大学病院の一つ先で降りたところに店はあるという。バスを待っていると、ベンチに三歳ぐらいの男の子とお母さんが座っていた。お母さんは大きなリュックを下ろした。男の子はおとなしく座っている。

「おとなしいですね」

と声をかけると、

「ちょっと眠たいんですよ」

とお母さんが言う。そういえば目が少しトロンとしている。

お母さんは大きなリュックから子ども用のタオルを出した。息子さんのお気に入りのタオルで、いつも端を噛んでいるという。

私は思いついて、自分のバッグにつけていたスヌーピーを指さして、男の子に、

「これ、いる？」

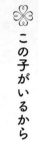

と言って鎖をはずして渡した。お母さんはとても喜んでくれて、小さいものなので男の子もしっかり持っていてくれた。

「よかったわねえ、犬好きやもんね」

とお母さんが子どもに話している。

「かわいいお子さんですね」

と言うと、お母さんから、

「この子がいるから、楽しいことがいっぱいあります。こうしてお話しできるのも、この子がいるからです」

と、うれしい答えが返ってきた。


（平成十五年十月十八日）

四十カラットの原石

夜の九時頃、住吉川沿いを歩く。雨のあとだからか他には人がいない。水かさの増した川の流れは男性的で、ゴウゴウと唸り声を上げている。一人で歩いている私には、いつものようにイヤホンから聞こえてくるテレビの音声があるから少しも寂しくない。

東岸を北へ北へ歩いて二号線の高架下を過ぎる頃、女性の三人組が階段を下りてきた。このとき、私は女性たちの前を歩いていたが、彼女たちの話し声が少しずつ少しずつ背中に近づいてくる。追いつかれたくない私は、その声を振り切るようにスピードを上げて、北に向かって走るように前進してゆく。

それでも明るい話し声が近づいてきて、やがて私と並び、とうとう追い抜いていった。そして、私が息せききるように歩いても、その距離がどんどん広がってゆく。くやしいけどこれは足の長さが違うのだ、と自分を納得させながら、三人の女性が横一列に並んで歩く後ろ姿を見て、私はやっとわかった。彼女たちと私には、おそらく四十歳くらいの年齢差がある。そのような若い人たちと張り合ってみたところで、勝つのは不可能だ。

けれど、ウォーキングであの娘さんたちには勝てなくても、私は彼女たちよりも四十年も長い人生を歩いている。たとえるなら、彼女たちよりも四十カラットも大きいダイヤの原石を磨いているようなものだ。そんなふうに考えると、いとしくて、久しぶりに自分のための涙がこぼれ、見なれた景色が池に映る月のように揺れてかすんだ。

私は私のペースを守ってゆこう。そして、大きな原石を磨いてゆこう。

（平成十六年四月二日）

見知らぬ人が教えてくれること

午後三時半頃、ウォーキングのために住吉川に向かう。今年最初のウォーキングだ。

四十三号線の階段を下りると、元日でもやっぱり私のように歩いている人が数人いた。途中、石垣のほうに寄せて灯油缶が二つと段ボールに入ったゴミがいくつか置いてあった。昨日バーベキューをした誰かさんのゴミだと思う。西側の遊歩道も東側の遊歩道もいつもと変わらない。犬を連れて歩いている人やジョギングの人も交じる。そして、住吉川はいつも美しい。

大きなゴミ袋を持って階段を下りてくる男の人がいた。以前にもこのような人を見かけた。ゴミ袋を持っているので川沿いの掃除をしてくれているのだろう。

私は住吉川の上流に向かい、滝のところまで来て少し体操をしながら、今年最初のウォーキングを嚙み締める。そして、同じ道を下っていった。

すると、先ほどの男の人がゴミを片づけていた。ビニール袋はゴミでいっぱいにふくれていて重そうだ。

「いつもきれいにしてくださって、ありがとうございます」

とお礼を言うと、

「運動がてら、やってるねん。こんなんやってる人、十人も二十人もおるよ」

と手を休めずに教えてくれた。

「こんなに汚して、顔が見たいわ」

と言いながら片づけている。

声をかけることによって、いろいろなことを知る。いろいろな教えを受けることができる。今日も、たくさんの人の陰の行いによって気持ちよく暮らすことができているのだと知った。


（平成十七年一月一日）

励ましてくれる言葉

先日、会社の帰りに、いつも行く美容院でカットをしてもらった。けれどこの日は、私の担当の栗牧さんはお休みだった。

栗牧さんの代わりにブローをしてくれた女性が話す。

「栗牧さん、フォトコンテストで入選してね。私は落ちましたけど。何をやっても私はいいことがないんですよ」

私が最後の客だったからか、彼女は心の内を話してくれた。

「そこまで努力したことに対して、自分で自分を褒めてやりなさいよ。まず自分を褒めてやらなくては。選ばれる、選ばれないは、たくさんの人が参加しているんだから、運もあるし、審査員の好みもあるのよ。私なんか何回もいろんなものに投稿しているけれど、いつも落選しているわよ。それでも、それを作り上げた努力に対して、私は私に『よくやったね』と褒めてやることにしているの。達成感を味わうことができるのは自分だけだから」

と私は、ちょっぴり先輩ぶって言った。

昔、ある上司が私に言ってくれた言葉がある。

「この世で起きたことは、すべてこの世で解決するよ。命まで持ってゆかへんて」

彼女にもこの言葉を伝えて、

「失敗するたび、私はこの言葉を思い出していたんよ」

と言うと、すごく感動してくれた。うれしくなってくる。私の思いまで聞いてくれて。


（平成十七年四月一日）

ありがとうがいっぱい

会社の帰り、リハビリのためいつもの医院に向かう。ＪＲのトンネルを南に歩いていた時、「おかえり！」と元気のいい声で見知らぬおじさんが声をかけてきた。失礼だが近くの更生施設にいる人のように見えた。

更生施設とは私もはっきりは知らないが、仕事のない人とか家のない人が短期で生活するところのようで、朝が来ると建物の外に出されて、夕方になるとまたぞろぞろ集まってくる。多い時は百人くらいの人を見たことがある。大きなお鍋のものを、並んで次々ともらっていた。寒い冬の頃は、立ちのぼる湯気を見て空腹のまま退社する私にはそれがご馳走に思えた。

ビニールの傘を左の脇にかかえて、なぜだか上着がずぶ濡れになっている人がいた。

「更生施設に行くのですか」と聞くと、「パンをくれるので行くところや。前あそこにいた時、酒飲んで追い出されてん。今は外で寝てる」人の良さそうなおじさんはありのままを話してくれる。話の間に何回も「ありがとう」と言った。「民生委員の人ですか」と聞かれた。

この人と親しく話をしてくれる人は民生委員の人ぐらいなのだろうか。本当はいろんな人といっぱい話をしたかった。そんな思いが「ありがとう」のひと言から伝わってくる。「仕事したいけどどこも使ってくれるところあらへん」と照れ笑いした。別れたあとも後ろ姿のままでもう一度大きな声で「ありがとう」の言葉を残して走って行った。

（平成十七年四月十二日）

やさしい若者

午後五時過ぎ、三井住友銀行と郵便局で用を済ませて歩いていたら、ポートアイランドに行く改札のあたりで二人連れの男の人を見た。柱のところにゴミ箱があって、お年寄りのほうの男性がゴミ箱にもたれるように立ち、それを若い男性が支えている。

すると、若者が急に離れて駅長室に入っていった。お年寄りはふんばっていた両足が開いてしまって力がない。ゴミ箱がなかったら倒れてしまうだろう。

「どうかされましたか？」

とお年寄りに声をかけてみる。

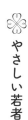

「足が急にいうこときかんようになって……」

両足はその人の意思とは関係なく広がっている。杖を持っているが役に立たない。力が入らない足は、ケイレンを起こしているように少し揺れている。

体をゴミ箱に預けているお年寄りの片側を支えるように、私も手伝った。そうしていると若者が戻ってきて、二人の駅員さんが折りたたみの椅子を持ってきてくれて、やっと椅子に座らせた。

若者はお孫さんかと思ったが、そうではなく見知らぬ人だという。

――おじいさん、よかったね。世の中にこんな素敵な若者がいることがわかって。

それは私自身にも言った心の中の言葉だった。

（平成十七年五月十六日）

私を見つめてくれる人

朝の出勤時、たくさんの人がホームで電車を待っている。座れてもよし、座れなくてもよし、と自分に言い聞かせて各駅電車に乗ると、運良くこの日は座ることができた。

私の右側に男の人、左側に中学生ぐらいの女の子が座っている。四人掛けの椅子なので、私は左の女の子のほうに寄った。と、そのとき、女の子の体に私の荷物が触れてしまったので、「すみません」と謝った。

女の子は大きなリュックをひざにのせて抱えるように両手で抱いている。座り直したときにその子を見ると、少し障害を持っていることがわかった。私が謝った直後から、彼女はじっと私を見ている。隣の席から顔を私のほうに向けて見つめている。

こんなに見つめてもらえるなんて久しぶりだなあ、となんだかうれしくなってきた。朝からすごくうれしい気持ちにさせてもらえて、今日一日ハッピーになるかも。私のバッグには真新しいキティちゃんのストラップが付いているから、私をいい気持ちにさせてくれたお礼にこれを差し上げようと思いついた。

女の子は六甲道駅を過ぎてすぐ立ち上がってドアのところに歩いていき、私に自分が座っていた席に寄れと手招きした。「私、次降りますので」と言って、私も女の子を追うようにドアのところに立つ。

次の駅の灘には障害者の学校がある。女の子も私も灘駅で降りた。まだ少し一緒にいられる。キティちゃんのストラップを差し出してもいいかな……と思案していたら、以前お坊さんに言われた言葉を思い出した。

――あれこれ考えなくてもいいよ。

女の子の左肩をトントンと軽く叩いてみる。気がついて、私の差し出したストラップを見て、「いいんですか？」と遠慮がちに受け取ってくれた。

そのあと女の子は駅の通路で私を待っていてくれて、私たちは北と南に別れた。手を振りながら。


（平成十七年六月二十九日）

運がヒラケル

会社の近くにO医院がある。そこには点滴をするのがとても上手な看護師さんがいた。その人の姿を最近見ないけどと思っていたら、そこに通院している人からその看護師さんの話を聞いた。

ある時おばあさんがリハビリに来ていて、その看護師さんに、あそこも痛いしここも痛いしと、日頃の身体の不調を訴えていたら、「それやったらもう死なあかんなあ」と言ったのだそうだ。そのひと言でおばあさんはいっぺんに元気が無くなり、家族に話した。それを聞いた家族の人から怒りの電話がかかってきて、看護師さんは辞めさせられたことがわかった。

この話を聞いて、私は言葉によって元気を貰った体験を思い出した。

もう十年ぐらい通っている美容室の出来事である。

カットのため、鏡の前で待っていた時、指名している美容師さんは別のお客さんにかかっていたので、スタッフの一人が、「眉を整えましょうか」と言って寄ってきた。私の眉は左右が離れていて、それを隠すように描いていた。

スタッフの人に、「眉と眉の間があいているでしょう」と言ってみた。こんな時、ほとんどの人は、それならと少し眉を中の方に近づけるように描くだろう。

しかし、この人は、「運がヒラケル眉ですね」と言って、ありのままの化粧をしてくれた。

この言葉を聞いてから私は、眉を見るたび、ウンがヒラケル、ウンがヒラケルと楽しくなるのだ。

言葉ひとつでこんなにも人生が明るくなるのだったら、私にもできるはず。明るい気持ちにさせられる言葉を遣えるよう心がけたいと思った。


（平成十七年十二月九日）

お母さんたちのチームワーク

土曜日、いつものようにオーガスタプラザの地下でお茶を飲んでいる。土曜日は会社も二時頃には退社できるので、昼食も兼ねて好きなところに行く。

毎日忙しく家事に、仕事に全神経を注いでいるので、これは自分に対するご褒美として数時間を楽しむことにしている。四角のテーブルで一人書きものをしたり、本を読んだり、誰も私のことを気にしていない、自由な時間の中にいる。

若いお母さんたちが五人、ベビーカーを押してやってきた。それから円いテーブルを三個引き寄せて一つのテーブルのようにしている。三、四歳の子どもたちが六人、ベビーカーには三人の赤ちゃんが眠っていた。

一人のお母さんが子どもたちに一本ずつリッツを配っている。活発に動いている子どもたちは大きな声も出さず遊んでいる。お母さんたちのおしゃべりも決してうるさくない。

意外だった。こんなにたくさんの人がやってくれば他の客は必ず騒音で悩まされる。子どもが危険なことをしたり泣いていたりしても知らんふりの親も多い。この集団にもそんな予想をしていたのに裏切られて（？）、自分の時間を楽しむことができた。

ずっとテーブルに向かっていた私は少しして集団を見た。お母さんたちが帰りかけている。その間子どもたちは三台あるベビーカーのそばに、眠っている赤ちゃんといた。

それから本を読んでいた顔をあげた時、すでに集団はいなくなっていた。その集団がいなくなった後のなんときれいなこと！　テーブルの上にはいろんな食べ物とか飲み物があったはず。円いテーブルも元の場所に返されていた。

ついさっきまで十数人の集団がいた形跡などどこにもなかった。

今どきの若い者はと、とかく悪いたとえにされるが、それと異なる人に出会えて感動をもらった。


（平成十七年十二月十七日）

アメが教えてくれた

日曜日、映画を観にゆく。外は大雪だった。鹿児島は八十八年ぶりの大雪とニュースが流れていた。おばあちゃんは、「なにもこんな日に」と言っていたけど、「気をつけて……」と玄関まで送ってくれた。これには訳がある。映画はいつもなら、土曜日会社の帰りに観ることにしているが、観たい時間帯がいつも満席で入れないのだ。

昼の部の『ハリー・ポッター』。始まったところなので入れてもらえた。長い映画を楽しんでいたが、昼食抜きだったので空腹が広がってゆく。なにかないだろうか。いつも、いろんな姿をした神様にもらって頂くために考えていた何かを、はじめて自分のためにさがした。

バッグの中をまわりの人に気づかれないように音をさせないようにさがした。ない。ポケットの中、上着のポケットにもない。こんな時に限ってなんにもない。諦めかけたがもう一度バッグの中をさがした。手に触るのはアメ以外のもの。一番小さなバッグのポケットに指を入れてみた。丸い硬いものが指先に当たった。思わず「あったあ!!」と声が出そうになった。

うれしかった。こんな小さなアメ一つでも、大きな喜びをもらえた。五時間の空腹でさえこんなに満たされるのか、と。

私がアメとかお菓子とかパンをいろんな姿の神様にもらって頂くことは、決して驕《おご》りではないのだ。その中の一人でも、涸れかけた空腹の泉がそれを口にすることによりほんのひとときでも満たされたなら、どんなにありがたいことか。特に冬の寒さの中、ひとかけらのものでも口にすることにより、温かい心を伝えられることができたなら。

悪天候の中やってきて、一つの教えを得ることができた、有意義な一日だった。

（平成十七年十二月二十二日）

街で出会った神様

午後二時半頃、銀行に寄ってから買い物をしようと思いながら三宮のセンター街を歩いていたら、体の不自由な若者が向こうから歩いてくるのに出会った。一生懸命、一歩一歩時間をかけて、不自由な足を前に出して歩いている。

私は、ひと足ひと足歩くことに、こんなにも全身を奮い立たせなければならない人がいるのかと、素敵な人に出会えたことに感動していた。偉い人だなあ。この人は今日、私の前に現れた神様だ。その神様はとてもおしゃれで、ジーンズに、ヤンキーが着るような上着を着ていた。

銀行に寄り、元町まで歩いていこうかなと思いながら少し歩いたが、手芸店で買い物することを思い出し、慣れない店内を三十分ほどウロウロしたけれど、結局、並太の毛糸を一個購入しただけだった。

そのあとは、いつもなら地下に入ってＪＲの駅に向かうけれど、この日はとてもお天気がよかったのでそのまま地上を歩き、いつもは通らない道を曲がった。角から少し行くと、右側の鉄柱のところに誰かが座り込んでいる。若者がよく地べたに座っている姿を思い出しながら近づいていくと、なんとその人はさっきの神様だった。びっくりした。私が一時間ほど街をウロウロしている間に、神様はまだこんなところにいて、まるでつぶれているかのように荷物を投げ出して座っていた。

何かおかしい。一度は神様のそばを通り過ぎたが、そのまま駅に向かうことはできず、私は引き返した。

「どうかされましたか？」

神様は両手両足が不自由で、口もきけなかった。大きなカバンはずり落ちて、足元で口を開けている。座っているのではなく、バランスが崩れて尻もちをついたまま起き上がれないでいたのだった。

「お手伝いしましょうか？」

と聞いてみるが、返事がない。返事ができないのだ。

「荷物、肩にかけるのですか？」

と言いながら、私は神様を抱きかかえて立てるようにした。そしてカバンを持ち上げると、とても重い。カバンから外に飛び出してしまったものもある。落ちていたサングラスを拾って中に入れ、「重たいねえ」と言いながらカバンの口の紐をぎゅうっと締める。神様の肩に斜めがけにするために、重い大きなカバンを両手で持ち上げ、ストラップを頭にくぐらせる。もう一つ小さなショルダーは肩からさげたままになっているので、じゃまにならないように大きなカバンを重ねた。

立っているのがやっとで、どうしてこんなに人通りの多いところを歩いていたのか。私の前に現れるために歩いていたのか……。

神様は言葉にならない言葉で、口の中にいっぱいアワをためながらお礼を言ってくれているのがわかった。

神様が起きられなくなってから私に会うまで、きっと数百人の人がそのそばを通り過ぎていったことだろう。すぐ近くにはテーブルがあって、そこにはがっしりとした体の男の人が座っているし、目の前のゲーム店にはたくさんの人たちが出入りしているのに、私が神様のお手伝いをしていたときにも、誰一人として見向くこともなく無関心で流れていた。

神様と別れてから、何回も何回も振り返って神様を見る。私は泣いた。オイオイ泣いた。今の時期、花粉症のふりをして泣きながら歩いた。神様は無事に家に着いてくれるだろうかと祈りながら……。

（平成十八年三月二十五日）

山木さんの初めてのおにぎり

神鋼病院で診てもらうため、朝九時に家を出た。

二月中頃から左胸が痛かった。何かに熱中していると忘れてしまうが、もしかしたら肩凝りがひどくなっているのかもしれないと、マッサージ屋さんでほぐしてもらったりもした。でもやっぱり痛い。かかりつけの医院にも行ったし、皮膚科にも行った。どこに行ってもよくならない。K整形に行って紹介してもらったのが神鋼病院だった。

大きな病院に行ったら一日がかりになるだろうと思い、バナナを一本と、冷凍してあるおにぎりを二個電子レンジで解凍して海苔を巻いて持っていった。けれど予想とは逆に一時間もかからずに済んでしまい、次の予約を取って三宮に向かった。

娘の陽子から割引券をもらっていたので、国際会館のそばにあるマクドナルドに寄ってハンバーガーを食べていると、左隣の席で長髪の男の人がコーヒーを飲んでいた。その人はコーヒーを二度もおかわりしたので、よほどコーヒーが好きな人なんだなあと思って何気なく見ていたら、三回目のコーヒーを置いて席を立った。彼の手には束になった紙ナプキンがあり、それを丸めるようにして手さげに入れた。見たら失礼かとも思ったが、つい見てしまった。

この人は、仕事のない人なのかもしれない……。そう思った私は、すぐ行動に移す。もう使わないのでどなたかにもらっていただこうと財布の中に入れていた数枚のテレホンカードと、電車に乗れるプリペイドカードを取り出した。五、六枚はあった。
「失礼ですが、これ、使いませんか？」
するど喜んで受け取ってくださり、携帯電話を持っていないから助かると言ってい
た。子どもでも持っている時代に珍しい。
改めてテーブルに着き、少し話をすると、ホームレスの支援をしている人だという
ことがわかった。自分の収入も少ない中、その人たちに使っているという。しかし、
とうとう追い込まれてしまい、一緒にやっている友達は辞めると言っていて、別の友
達には大金を持ち逃げされたらしい。そんなことまで話してくれた。
名前は山木さんという。幼い頃から両親がいなくて施設で育ち、親代わりはシス
ターだった。家族も知らない。身内もいない。キリストの話をしてくれた。マザー・
テレサの話もしてくれた。「すべて愛である」と。ドストエフスキーの話では「精神
にまさる肉体はない」と言っていた。私の知らない話に興味をそそられ、この人は悪
い人ではないと確信できた。
話をしているうちに、失礼かと思ったが、持っていたバナナとおにぎりの入ったビ
ニール袋をテーブルの上に差し出した。それでも彼はずっと話をし続けてくれて、し
ばらくしてようやく袋の中を見た。
「これ、食べてもいいんですか？」

「どうぞ、どうぞ」

私はテーブルの上の袋を左手で促すように彼のほうに押す。

小さなおにぎりを二つ、彼は「おいしい、おいしい」と言って食べてくれた。

「やっぱり、家のおにぎりは違いますね。僕はおにぎりを敬遠していたんですよ。にぎってくれる人もいないし。でも、にぎったおにぎりは違いますね」

私にとっては当たり前のことが、山木さんにとっては初めてのことだったようで、少し瞳がうるんでいた。

私はおにぎりを作るとき、「おいしくなれ、おいしくなれ」と念じながら、まだご飯が熱いうちに手のひらにのせて、くるくる手を重ねてまわしてゆく。その中にはやっぱり愛も一緒に込めて、丸い形や三角の形や、幼い子どもには食べやすく小さなおにぎりに形作ってゆく。それは私にとっては当たり前のこと。でも、その当たり前ができる喜びを、この日、山木さんから教わった。

夜、遅い夕食を一人で食べている息子の岳人にこのことを話したら、

「得したやん」

と言った。山木さんが得をしたと言っているのかと思ったけれど、私がそのような人と話ができたことを「得したやん」と言ってくれたのだった。

思いがけない息子からの言葉で、うれしい心がもっとあふれそうになった。

声をかける人

（平成二十一年三月十二日）


夕方五時二十分、ウォーキングに出かける。

今日も夏が来たように暑い。先日と同じように、持っている帽子の中から一番つばの広い帽子をかぶって出かける。すぐに額に汗がにじむ。

住吉川沿いを十分ぐらい北に歩くと、灰色の大きな鳥が置き物のようにじっと片足で立っていた。彫刻のように美しい。サギという鳥だろう。しばし見とれていた。微動だにしない姿が逞しく、携帯で写真に収めた。

そこを離れてさらに北に向かっていると、私の帽子よりもっと大きなつばのある黒い帽子をかぶった女性がいた。彼女の帽子はパナマ帽のような形で、黒い布が巻かれていて、巻き終わりは大きなリボンのようになっている。

そして、まるでずっと前から私の知り合いだったように親しげに話しかけてきた。

「あの人、素敵ですね」

五十代くらいの彼女が目配せしたほうに目をやると、川沿いの階段に、モデルのように美しく座って水の流れを見ている人がいた。彼女が教えてくれるまで気がつかなかった。

彼女はその人には声をかけず、私にだけすばらしい場面を教えてくれた。私は、「そんないいこと、教えてあげれば？」と勧め、さらに、「私は、いいお話はいつも相手に伝えることにしているのよ」と続けた。

その言葉で伝える気持ちになってくれた彼女と二人で、階段に座っている女性のところまで行った。

「素敵ですね」

見知らぬ女性が二人してかけた言葉に、三十代くらいのその女性は怪訝そうな顔をして「私のこと？」と言いながら恥ずかしそうにしていたけれど、うれしそうにも見えた。やっぱり伝えてよかった。

そのあとは、大きなつばの帽子の人と並んで住吉川沿いを北に向かいながら、いろいろな話をした。

その人が言った。

「私、いろんな人と接したいのだけれど、友達が言うの。『相手が素直にこちらの気持ちを酌んでくれるかわからないから、あまり他人には話さないほうがいい』って。だからできる限り、いいことだと思っても伝えないことにしていたの」

私は違う。いいことはどんどん相手に伝えることにしている。口に出さないと相手はわからないから。後悔したくないから。

私がそう言うと、女性と私の考えが一致した。

話がはずんだ。彼女は名前を松尾さんといった。並んで話しながら、住吉川沿いをさらに北に歩く。

私は、電車に轢かれて四歳の男の子が亡くなったというニュースのことを話した。

テレビニュースで高齢の女性が、子どもが線路の中を歩いているのを見て、「危ないのとちがう?」と声をかけたと話していた。

私はこのニュースを見たとき、深い怒りが込み上げてきた。きっと男の子のお母さんは思っただろう。力ずくでも、それが無理なら誰かを呼んで、どうして助けてくれなかったのかと。声をかけたということは、まだ電車は来ていなかったということだろう。助かった命だったかも……と、親はどんなに悔しい思いをしただろう。

私がそう話すと、松尾さんも同じ気持ちだと言ってくれた。

私は昔、会社にとても静かで影の薄い人がいて、どうしてもその人に声をかけることができなかった。

やがて、その人が自殺した。

それからは考えが変わった。できる限り声をかける人になろうと。


（平成二十四年五月二十八日）

花嫁の髪

昨日、テレビを観て知った。

そこには私の知らない世界があった。私がもっと若い頃にそれを知っていたら、その活動に協力するために、きっと髪を伸ばしていただろう。

テレビ画面には、ウエディングドレスを着た美しい花嫁がいた。よく手入れされた黒髪が胸のところまであった。

結婚式に参列している人たちの前で花嫁が笑っている。ダンナ様が花嫁の美しい髪を手に取った。そして、ハサミが動いた。バッサリと髪の毛の束が花嫁の体から離れた。四十センチぐらいあるだろうか。その束を花嫁が手にして笑っていた。

花嫁は、明るくて、美しくて、とても幸せそうだ。プロの美容師さんらしき人が、花嫁の首の辺りで髪をきれいに切りそろえた。

長い髪のときの花嫁と、短くなった髪の花嫁。二人の花嫁に出会ったみたい。どちらも美しい。

その髪は、三年間伸ばし続けたものだという。

そして、切られた長い髪は花嫁の思いを持って旅立った。これから誰かのために生かされるのだ。病気などで髪を失った子どもたちのカツラになるため集められている。

なかなか集まらない人毛。多くの人毛が必要で、そういう活動があることを、私はこのテレビ番組を観るまでは知らなかった。

ある美容師の男性がこの運動を始めたという。

もっと若い頃に知っていたら、私も協力できたのに。この番組を観た人が、私と同じ気持ちになって、協力という形で行動を起こしてくれたらどんなにいいだろう。

花嫁は、また髪を伸ばすと言っていた。三年かかる。それをカメラの前で約束した。

世界一美しい花嫁だった。


（平成二十四年十二月十一日）

また気づかされた

カットのためいつもの美容院に向かう。

昨日、私をいつもカットしてくれている栗牧さんから、海外におりますと葉書が届いていたけれど、やっぱり美容院に行くことにした。

十一時頃、シーアの二階の入り口に向かって歩いていた。シーアには荷物を預かってくれるボックスがあって、帰りは必ず買い物にも寄るのでそのときまで無料のボックスに必要でないものを入れておくことにしている。

私の少し前を男の人が両手に杖を持って歩いている。ゆっくりゆっくり一歩一歩を踏みしめてゆくように歩いていた。男の人の前を女の人がときにふりかえりながら、やはり男の人の歩調に合わせるように歩いてゆく。

私より少し年長のご夫婦のようだ。

二人の姿を見ていて私は知らされた。

私はなんという贅沢な言葉を主人にぶつけていたか。主人と一緒に歩くとき、初めは並んでいた二人。その距離がだんだんひろがってゆく。「もっと、ゆっくり歩いてよ。私に合わせて歩いてよ」いつも言っていた。

このご夫婦を見て、私は幸せなんだと教えられた。

主人が元気だから速く歩いているのだと。私の希望はせっかく二人で外出しているのだから並んで歩きたいと思っているが。

前をゆっくり歩いているご夫婦が「それは違うよ」と教えてくれている。そして「私たちがこうして前に、後ろに二人で歩いていることもシアワセなんですよ」

そんな声が聞こえたような気がした。

どんな姿、かたちになってもできるだけ長い年月を私も主人と労り合いながら暮らしてゆきたいと、お手本のご夫婦を見て思った。

（平成二十五年一月二十七日）

姿を変えた神様

私はできる限り、一日のうち数十分でも外に出ることにしている。家の中でもめいっぱい動いているが、囲いの中だけで動いているとだんだん気が滅入ってくる。年齢がいくほど、マイナスをプラスにできる技量が身についてきた。その一つが、リラックスできる時間を作ることであり、私にとってはそれが「外出すること」なのだ。

外に出ると、いろいろな景色の中に私を置くことができる。いろいろな形に姿を変えた神様にも出会うことができる。

体の不自由な人がリハビリのために一歩一歩、足を前に出してゆく。歩幅が極端に狭くても、そこにその人と介添えの人の努力が見える。

軽く会釈すると、介添えの人から会釈が返ってくる。私は心の中で「あなたはすばらしい人ですね」とささやく。不自由な体の人に、少しでも元気になってもらいたいために、あなたはきっといつもやさしい心で温かい手を差しのべておられる。

現実は、そうでないこともあるだろう。きれいごとではすまされないこともあるだろう。でも、私の前に現れた神様は、そんなことを超越している。

ベビーカーに天使をのせて歩いているお母さん。「可愛いですね」と声をかけると、必ず「ありがとう」が返ってくる。私のほうこそ、こんな可愛い天使に会えてお礼を言いたいのに、先に「ありがとう」の言葉をいただく。

いろいろな残酷な事件をテレビのニュースで目にするたびに、「いったい日本の国はどうなっているの?」と主人に憤懣をぶつけてしまうが、私のまわりは違う。

日本の国は、まだまだ捨てたものではないよ……そんな気がしている。だって私のまわりには、姿を変えた神様がいっぱいいらっしゃるのだから。


（平成二十六年八月十九日）

いっぱいだっこしてあげてね

十一時五十五分、西宮のベンチでバスを待つ。

妹の信ちゃんとお墓参りに行くことが急に決まったから。

満池谷にお墓がある。私は妹や、ときには家族とお参りに行くこともある。それはとても幸せなこと。

最近お参りするたび、感じることがある。墓石の荒れているのが増えている。いろんな事情があるのだろうか。先祖がいて我々に繋がっている。このつながりを自分の代で切ってはいけないと思いながら青空を見る。

座ってバスを待っている私の前を二、三歳くらいの女の子が両手を広げて泣いている。泣きながら追いかけている前には、女の子をふり向きもしないで駅のほうに歩いてゆくスーツ姿の男の人がいる。

女の子はその人を追うようにして両手を広げ「だっこ、だっこ」と言っていた。

親子を追っている私。そのお父さんの行動がすごくもったいない気がした。

〝だっこ〟それはどれくらい続くだろう。そのおねだりは夢のようにあっけなく過ぎてゆくことでしょう。

幼い子どもが「だっこ、だっこ」と泣いて追いかけている姿は、千金に値すると思いながらも、子どもの声を切なく聞いていた。

八歳の孫のほーちゃん、四歳のこうちゃん。だっこしたいのに逃げてゆく年ごろになっているから。

ずっと昔、まだ娘の陽子が産まれていないとき、鹿児島にいた頃のことだった。

住まいの一室が事務所になっていて、主人はいつもそこで仕事をしていた。

息子が三歳くらいのとき、今と同じような光景があった。

買い物に出かけて荷物を両手にいっぱい持っていた私に「だっこ、だっこ」と言って息子がまとわりついてきた。重い荷物と一緒に息子を抱いて帰り、主人の前に子どもを置いて言った、鬼のような言葉。「もうこんな子いらんわ」。即座に主人に注意されて我に返った。

私はこの鬼になったときのことは、一生忘れないようにしている。二度と鬼にならないように。

ときどき、相田みつをの本を開く。『じぶんの花を』の五十四ページを読みかえす。「観音さまの心を」を読み返している。

（平成二十六年九月二十三日）

目が細かい篩《ふるい》

夕方スーパー万代で買い物をする。

毎日、続けている散歩。その帰りに寄る買い物だった。

店の中に入って、ちょうど生鮮食品のおさしみなどが並べられているコーナーに来たとき、突然大きな怒声が聞こえた。

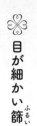

「誰が、こんなもん食べるんじゃ」

その言葉と一緒に右手に高く持ち上げられたマグロのおさしみのパックが、美しく並べられたさしみのパックの上に投げこまれた。

その方を見る。

その男性の前をカートを押して無言で去ってゆく女性がいた。

私と同じぐらいの年代だろうか。

その場に直面した私。その人の姿を見て我が身をふりかえる。

私の長い結婚生活で、一度たりともこんなことはなかった……と。

もうすぐ金婚式を迎えようとしている私たち。いつも私のそばには大きな心の主人がいて、私が時にわがままな言葉を投げかけても、主人は正しい道を諭してくれる。

もちろん、私も人並みの苦労はあった。離婚しようと考えたことも一度や二度ではない。大きな借金で泣かされたこともある。

私も、数回の病気で家族に心配をかけたこともある。

震災に遭って新築の家を火事で失ったこともある。

そんなとき、いつも主人がいた。

こうして安住の世界をつかんだ今、若気の至りで結論を出さなくてよかったとつくづく思う。

実は、私はこのようなときに登場させる、すごい武器を持っている。

それは「心の篩《ふるい》」だ。

私は不幸があるとこの篩に必ずかけてみることにしている。この篩にかけると不思議といいことがいっぱい残る。

実は、とても目の細かい篩だから。

いまも、その篩は健在だ。

これにかけてみると自分の幸せがいっぱい見える。幸せが篩の上に載っている。

スーパーで直面した一シーンにより、幸せを深くかみしめている。

そして、主人にありがとうを言っている。


（平成二十七年一月七日）

僕はいきる

テレビ番組のサンデージャポンでいじめの問題が取り上げられていた。家事をしながら観ていたがいじめのことには感心があったので、手を止めて観た。

「僕はいきる」という手記が流れた。

いじめに遭っている子どもの手記だった。

学校も教育委員会も動いてくれない。それでも〝いきる〟という内容だった。

〝いきる〟という言葉が私にまで大きな力となって伝わる。

あなたの強い決意が多くの人に力を与えることでしょう。

私も昔、いじめではないがどん底の時代があった。それは私に対する父親の言葉での虐待だった。

そのようなときでも、死のうとは思わなかった。心の片隅に「いま、ここで死んだら損」という強い想いがあったから。

それでも、やっぱり耐えられなくなって家出したことがある。

中学三年のときだった。

トボトボ歩いていた私の姿を天が見ていた。

神が降りてきたのです。

トラックが停まって運転席の横に乗せてくれた。

運転手さんは「なんで？」と一言も聞かなかった。

家の近くまで送ってくれて、私は何事もなかったように家の中に入った。

半世紀以上前の思い出。とても大切なありがたい思い出。

いま、こうして幸せに生きていけるのはその人のおかげでもある。

父は年をとって私の子どもをかわいがってくれる好々爺になっていた。

終わりよければすべてよしで微塵の恨みもない。

いま、いじめに遭っているあなたも「いきる」を選んでいる。きっと「よかった」と思える日を迎える時がやって来るでしょう。

生きていればいつか笑顔の時代がやって来る。

私がそうだから。

笑顔の時代が来るのをゆっくり、ゆっくり待つのも楽しいよ。


（平成二十八年十一月二十七日）

第二章　隣人の中で

ねえさんが困るよ

会社の近くの人で、灘駅のあたりをぐるぐるとまわっている二人連れがいる。前をおばあさんが歩いていて、おばあさんの腰には紐をつけている。後ろから歩いているお嫁さんが紐を持って、ゆっくりゆっくり歩いているおばあさんが転ばないようにしている。花壇のまわりを歩いているこの二人連れを、いつもほほえましく見ていた。歩く距離は短いけれど、一時間ぐらいかけて歩いている。

そんな二人の姿を少しの間見かけなくなった。ある時、お嫁さんに会ったので、どうしたのか聞いてみた。

「五ヶ月入院していて今寝たきり」と言う。もう五ヶ月も会わなかったのか。「すっかりぼけてしまって食事もできなくなって、全部流動食になってん。一時間くらいかけて食べさせているのよ。下《しも》の方も何回もするので、一日、七回くらい手袋をしてきれいにふいている。消毒をしてやらないとかぶれてしまうから。あなたもとにかく動いてもらいや。鬼や言われてもいいから、動くように持ってゆかんと、ねえさんが困るよ」と話してくれた。「私は嫁やから向こうの兄弟の手前もあるけどね」と言って笑った。とてもいい顔をしていた。

「なんでもはいはいと聞いていたらあかん」

「時々、ケンカするんよ」と私と親のことを言うと、「ケンカするということはそれだけ頭が働くからいいんよ。足が弱るとすぐここにくるよ」と頭を押さえた。

あのお嫁さんが言った「ねえさんが困るよ」という言葉。すごく大きな言葉の宝石を頂いたみたいでかみしめている。みんな自分のためだから。

（平成十一年一月二十五日）

本当の友達

手術でお休みしていたKさんが会社にやってきた。思いがけない早い回復に驚いた。年もとっているし心配していたが、まったくの取り越し苦労だった。体重は五十一キロぐらいに減ったと言ったが、術後とは思えないくらい元気だ。

Kさんは上司と話し、桐の箱に入ったアガリクスを手にして見せながら言った。

「ガンと聞いて、友達が四万八千円もする高価なものを五箱も、送ってきてくれた」

「いい友達やねえ」

と私が口をはさんだ。

そのあと、Kさんは私にこんな話をしてくれた。

今から二十年も前のこと、Kさんが商売をやっているその友達のところに出かけていったら、店もその人も見る影もないほど元気がなかった。

「一体どないしてん？」

と聞いてみると、なんと二億の借金ができて、商売はなんとかやっていけるが先立つものがないという。

「一体、なんぼあったらええのんや？」

「一千万あったらなんとかやっていける」

それを聞いたKさんはすぐに現金を用意してやり、そのあと友達もいろいろなことがあったけれど、今は立派にやっているという。

私が、その友達が送ってくれたというアガリクスを見て、

「Kさんの行動は誰にでもできることではないけれど、その友達も恩を忘れない人でよかったね」

と言うと、Kさんは感情が高ぶったのか泣き出してしまった。

Kさんのその友達は、今は大きなスポーツシューズメーカーの会長さんになっていて、変わらず友達づきあいをしていると話してくれた。


（平成十三年七月十九日）

男泣き

今日は主人が送別会で出かけている。私は会社から帰ってきてすぐ、愛犬のくまを散歩に連れていった。

その途中で、障害を持っている知り合いの男の人が歩いてくるのに出会った。彼は足をひきずり、杖をついて、こちらに向かってきた。

「お元気そうですね」

数週間ぶりに会ったその人に声をかけ、しばし話をする。

「職場が閉められて、今は仕事をしていないんです。昨日もハローワークに行ってきました」

彼は開口一番にそう言い、さらに、

「病気も見つかって、ルテイン（緑葉）を飲んでいます」

とも言った。元気な頃はバリバリ働いて、家庭のことなどかえりみなかったと以前聞いたことがある。その頑張りが原因で倒れてしまったのだ。

私が朝、出勤するときにも、リハビリのためにゆっくりゆっくり歩いている彼を見たことがある。そのときは奥さんがだいぶ距離を置いて後ろのほうからついてきていた。その距離のひらきが大きいので、そのとき変に思った。

それで奥さんのことを聞いてみたら、それまでの雄弁な話しぶりとは異なり、どうも夫婦仲がうまくいっていないらしくて、奥さんは家を出ていることがわかった。そのため、彼は食事を近くの両親のところでしているので、このときも両親の家に向かっていたのだった。彼は五十代くらいだから、ご両親は七十代後半か八十代かもしれない。年老いた親に食事の世話をしてもらうことになるとは、彼もさぞ残念無念だろう。

別れ際に、彼は私の目の前で泣き出した。それが無念さの表れであろうと思われた。

「私はあなたから元気をもらっているんですよ。一人で一生懸命にリハビリを続けている姿を見てね。私のところも本当は大変です。家の中に入れば、みんな何かと問題を抱えているものですよ」

そう言って西と東に別れた。


（平成十五年五月二十三日）

笑顔のお礼

会社の用で三宮の銀行に振り込みのため、灘駅に立っていた。

各駅停車の電車が来て順々に客が降りる。その中に降りようとして扉のところまで来るのに手間取っている女の人がいた。

赤いサマーセーターのその人は足が悪いようで、杖をついていた。待ち切れなくなったサラリーマン風の背広姿の男の人が二人、先に乗り込んでしまった。一生懸命扉に向かっているその女性を遮るかのようにして。私がこの男の人たちの後ろから続いて電車に乗ってしまってはドアが閉まるかもしれない——。

私はずっとホームに立っていた。その人がホームに出ることができるまで待っていた。女性がホームに降りた時入れ代わりに車中の人になった。扉のところから外を見る。女性が私の方を向いてにっこり笑って深々と頭を下げていた。

笑顔のお礼をもらって、とても嬉しかった。

（平成十五年八月二十五日）

木村さんのピエロの人形

あるとき、会社の先輩の木村さんにこんな話をした。

「私ね昔、夢があってん。顔は人に見てもらうほどの美人でもないし、顔の出ない声だけの仕事したかってん。その仕事は、声優。もしね、さんまさんの〝あんたの夢をかなえたろか〟っていう番組に出られたら、『声優になって、私が作った童話を子どもたちの前で読み聞かせたい』って言いたいなあ。作った作品、読んでテープに録っておこうと思ってるねん」

すると木村さんから、

「私にはなんにもない……」

と沈んだ声が返ってきた。

木村さんには子どもがいない。ご主人は結婚して数年後のお正月に急死した。それでもずっとずっと一人で働いてきて、私も仕事をいっぱい教えてもらった。とても強い人で、誰よりも人に迷惑がかからないように暮らしているし、人の悪口も言ったことがない。先輩である木村さんから教わることはとても多い。

職場では女性は私と木村さんの二人だけ。だからいっぱいお話をして、会社帰りにもいろいろなところに連れていってもらった。私の作品もいつも読んでくれる。それが私には喜びだった。

「木村さん、ピエロの人形、ハンカチで上手に作るやんか。あれもらった人、うれしいと思うよ」

体の中は芳香剤などが入れられるように袋状になっていて、ハンカチ二枚で作るとてもかわいいピエロ。私にはとても作れない。

「子どもがもらっても喜んでくれると思うわ。作るの楽しいでしょ」

「楽しい」

「私にも二つ作ってほしいけど、いいかな？　予約ね」


（平成十八年七月八日）

認知症の人

ラジオから流れてくる声を聴く。

ある詩人が、自分の親のことを話している。私は寝ながら、耳はその音声を聞き洩らすまいと集中していた。

夜中の三時頃だった。

私は床につくときは、携帯ラジオを聴きながらが習慣になっている。そうすることにより、いつしか眠っている。子守歌のようなもの。

その日、夜中にふと目が覚めると、つけっぱなしのラジオから聞こえてきた詩人の女性の声。

「母親が、キャーと奇声を発したりするのがとても恥ずかしいと、いつも思っていた。そんなとき父が言った。『お母さんは一生懸命、生きようとしている。その声だ』と。母は認知症だった。父はやさしく、『認知症も、そこらにいっぱいある病気と同じなんだよ』と言った」

ラジオから流れてきたすばらしい話。眠っている私に聞かせたくて、起こしてくれたのかな。

朝を迎えた私は、一日中その余韻を抱きながら過ごした。

私は、この父親の言葉と重なるようなすばらしい人を知っている。近所の人で、その人といつも仲良しのもう一人は、それぞれの家の前で美しく咲いている花を見ては、楽しそうに談笑をくり返していた。しかし仲良しの人は、ラジオで言われたその病気の入り口に入りかけていた。それを知ったその人が、私にこう言った。

「そんなこと、関係ない。いつもと変わらないままでいたい。そうでないと寂しい」

それからも、いつも二人で並んで花を見ている姿があった。今日も。

五百円玉さんありがとう

（平成二十三年十二月十六日）

家事の合間、古いノートを手にする。

平成二十年は十二月十四日、ワンコイン貯金を始めるとあった。十二月十日、朝、家の前の人から仏さんに供える小菊をもらうため、話をしながら待っていた。ちょうど通りかかったマスクをした女性が菊がきれいに咲いているのを見て、私たちの話の中に自然と加わって三人で話していた。

近所の人ではなかった。神戸の遠くのほうから来たという。その人は郵便局を巡ってワンコイン貯金をしていると教えてくれた。また、魚崎郵便局に行ってきて、この道を通るのも初めてですと言った。

どうしてかほんの短い会話だったが、すぐ意気投合していた。なんだか、ずっと前からの知り合いのような気がした。自然と「ちょっと家に入りませんか」と招き入れていた。遠いところから来られて、初めての道での私との心おきない会話。なんだかこのままさよならするのがもったいない気がしていた。

見ず知らずの人を招き入れてリビングで話をすることなど、絶対と言っていいくらいなかった。私にとってとても不思議な行動だった。

テーブルを囲んで向かいあわせにいろいろ話をした。いろんな苦労があるみたいだったけれど自分の胸の内にだけに仕舞って、自分の親には決してつらい話はしないと言った。

私はお手本とするべきすばらしい人と知り合いになった。

「また三宮で会いましょう」と言って電話番号を交換した。

古村さんとの、たった三十分の話し合いだったけれど、大きな充実感を味わっている。

このページのとおりで、いまも古村さんとは繋がっている。知り合ってから私もワンコインの貯金を始めた。

私は貯めるための貯金ではない。使うための貯金で、五百円玉が手に入るたびに必ず昔のフィルム入れの丸いケースに貯めてゆく。これが一杯になると一万円を超える。主人が郵便局で入金してくれる。主人と私の合作である。

使ってよい貯金はどれ程家計を助けてくれたことか。主人と一緒に日帰り旅行にも行けた。使ってよいお金を貯めることはとても楽しい。五百円玉さまさまである。

古村さんと知り合うまではこんな五百円玉との楽しみ方は知らなかった。

古村さんありがとう。五百円玉さんありがとう。

（平成二十五年七月四日）

神様にお会いした

骨董《こっとう》展開催のお知らせが届いてから毎日いつ出かけようかと楽しみにしていた。九日から一週間あるが、今日出かけることにした。

二時前に家を出る。予算は決めている。それ以上は絶対に使わないこと。私はかわいいものが好き。大きいものはダメ。ミニチュアなものが大好き。それを心がけているうちに数百どころではない。数千はあるでしょう。おかげで小さいものだから決められたところに収まっている。たくさん飾られた友達を見るたび元気がもらえる。どんな高価な薬より元気になる。

骨董展の会場に着いて、階段を下りてすぐ好みのものが見つかった。いい買い物ができてよかった。

帰りにそごうに寄って主人の好きな御座候を五個買って、そごうを出た。すぐに見なれた古ぼけた黒いバッグが目に入る。柱の陰に男の人が座って膝をかかえこんでいる。

ほつれて汚れた黒い横長のバッグ。

神様に何かもらっていただくものがあったかな。少し前に薬局で買ったお菓子がいくつかビニール袋に入っていた。

主人が以前食べて「これ、うまいなあ」と言ったお菓子。バッグの上に一つをのせた。

顔をいつも膝の間に隠すようにして座っている神様の頭が上下にゆれた。頭を下げてくれていた。

こんなこと初めてだった。いつも微動だにしなかった神様の頭がゆれたから。

この光景にずっと昔親しくさせてもらっていたお坊さんの言葉を思い出した。道に座り込んで物乞いしている人に女性が食べるものを差し上げていた、そのとき、天のほうからその人の母親が手を合わせていたという。

私はこの神様の母親が手を合わせてくれたのだと思った。

見て見ぬふりをしないでよかった。

大きなお返しをいただいた。これからも私は私の行動に自信を持って進んでゆこう。

私が間違っていないことを教えていただいた神様。あなたのおかげで勇気をもらいましたよ。

（平成二十八年六月九日）

今日も至福の時間《とき》を

主人が大阪に出かけた。

定例会のようなもので、昔の知人から二ヶ月に一回くらい電話がかかってくる。いつも五、六人の集会らしい。

電話があるたび私は喜んでいる。

昔、仕事をしていた人たちとのつながりが続いている。それはすばらしいこと。大きな宝と思っている。大阪のほうに送りだした。

主人が出かけて数時間。その間、家事を進めてゆく。

夕食の用意もできた。帰ってきて苛立つことがないように心がけている。

十二時十五分頃、各駅停車の電車に乗る。

イヤホンから流れてくる〝さだまさし〟の声が心地よい。

三宮に向かう。各駅停車に乗ることにより少し勉強することができる。

歩いているときでも何かをしている。その分事故に遭わないよう人一倍、安全を心がけて歩く。最近、信号を守らない人が多い。私はずっと信号が変わるのを待つ。これは昔から守っている。

以前、電車の座席で手帳を広げて英語のスペルを覚えていたら、隣に座っていた女学生も英語がいっぱい書かれているノートを広げていたので顔を見合わせて笑ったことがある。

自慢じゃないけど、覚えが悪い。それでも何回も何回も唱えていると覚えられる。覚えられないことは恥ではないと思う。続けると、いつかごほうびとして頭のどこかに留まってくれる。

以前、テレビで映画を観ていたら俳優が英語で「ガンバッテ」と言っていた。私、この言葉の意味を知っていたので通じた。

ゆっくりでいい。年を重ねてもやり続けることが自分の身になってゆくのが分かる。

（平成二十八年九月十日）

黄金の年

買い物でスーパーのトーホーに向かう。なにげなく携帯を開けてみる。戸澤先生から電話の履歴があった。昨日の履歴だった。

すぐ電話を入れた。

縁というものは不思議なもので、私は先生に一度も受け持ってもらっていない。小学生の頃のこと、私の記憶の中にはない。それなのに何回かの同窓会に参加しているうち、とても身近な人に思え大切な人になった。

数日前に本を送った。それにより今日また電話することができる。

電話の向こうで先生が言う。「足も弱くなって車椅子やねん」。

若いと思っていた先生、そう言えばここ数年会っていなかった。「失礼ですが」と年を聞いてみた。私とそんなに年があいていないと思っていたけれど。私のほうが大きな勘違いをしていたのか。

ご主人とお二人そろっていることがとてもお幸せに思えた。

先生が言った。

「七十代は黄金の年やで」

いまその言葉をかみしめている。

本当にその通りだと思う。

好きなところに行くことができる。家事もできる。好きなものをおいしく食べることができる。楽しい音楽を聴くことができる。気の向くままに家のそうじができる。

庭の花を仏さまに供えることができる。主人と笑い合うことができる。絵だって描くことができる。まだ、まだある。

いっぱい〝できる〟が出てきた。

戸澤先生がかけてくれた言葉「黄金の年」をできるだけ長く謳歌してゆこう。

先生、いい言葉のプレゼントありがとう。

（平成二十八年九月十一日）

第三章　震災の中で

帰ってきた人形たち

母の部屋には十五年も別の地にいた二体の人形が並んで座っている。三月が来ると母は七十九歳になる。

母は六十代に入ってすぐ、ＮＨＫの番組を見ていろんなものを作っていた。『婦人百科』で人形作りがあり、本まで買ってテレビを見ながら作っていた。大きいものは五十センチのもあり、どれも味のある可愛いものだった。

私はその頃堺の草部に住んでいて、神戸の母のところに帰るたび、「わあ、欲しい」と言ってはもらって帰った。ピアノの上には五、六体、母の力作を飾っていた。

平成元年の三月に父が亡くなり、母は一人になった。堺に来てもらって一緒に暮らすことも考えたが、知人が一人もいないところに来るよりも私たちが神戸に帰ることになり、古家を新しく建て替えることにした。

引っ越しの日の前日、お隣の西本さんが、「人形をどれか頂けませんか」と言ってくれた。近所の奥さん達とよく我が家でお茶会をして楽しい時間を過ごすことがあったので、ピアノの上の人形たちをいつも見ていたのだ。

一番大きい女の子と男の子の人形が西本さんのところにお引っ越しした。

女の子はレースの付いた長いドレスを着てフェルトで作ったピンクの靴をはいている。男の子はベージュのシャツを着て濃紺の長ズボンをはき、茶色の靴をはいていた。手作りの帽子には赤いリボンが巻かれ、おそろいの帽子を被っている。

平成二年の十月から母と一緒に暮らすようになって、この人形たちのことはすっかり忘れていた。

平成七年一月十七日、私たちはすごい体験をした。

あの阪神・淡路大震災である。幸いにも新しい家に住んでいたお陰で全員無事だった。でも、私たちの家のまわりだけでも二十人以上の人が亡くなった。そして、その数時間後にはわが家も火事のため何もかも焼けてしまった。築四年の家も、お金では買うことのできない大切な宝物も全て失ってしまった。

この日から何も無い生活が始まった。

震災の朝、魚崎小学校に避難した私たちは体育館の片隅で多くの人と一夜を過ごした。建物の中に入るのを拒んで運動場の焚火のそばでずっと夜を明かした人も多くいた。体育館の中には次々と板に載せられた遺体が運ばれてきたが、別世界の出来事のようで意外と冷静に朝を迎えた。

次の日から縁あって見知らぬ人たちと本山南中学校で五ヶ月暮らすことになった。ロビーで一ヶ月、教室で三家族と一緒に暮らした四ヶ月。やっと六甲アイランドの仮設住宅に入居できたのが五月になってからだった。どんなに嬉しかったことか。やっとプライバシーを守ることができるのである。

失ってしまったものに対する思いは消えることはなかったけれど、住むところが人間らしい暮らしに変わってゆくことが喜びにつながっていった。

そして、もっともっと嬉しいことがやってきた。

仮設暮らしにも慣れた十一月のあるお天気の良い日、堺のお友達の岡崎さんと衛藤さんが車で来てくれた。本山南中学校のロビーにいた時もすぐにかけつけてくれた。まだ電車も開通されていなかった時、途中から長い道のりを歩いて来てくれた。

母と四人、話が弾んでいた時、衛藤さんが大きな紙袋から、「これ西本さんから預かってきました」と言って母の前に見覚えのあるお人形を二体並べた。

母はそれを見た途端大粒の涙を流した。思い出のもの全てを失ってしまった母にとって、あの若かった頃毎日のように情熱を傾けて作った作品が目の前にあるのだ。母にとってそれは単なる作品ではない。母の元から十五年、家を離れていたわが子にやっと会えたのである。抱きしめて泣いていた。嬉し涙である。西本さんのやさしさが嬉しかったのである。

私たちは震災後いろんな愛を頂いた。全てに感謝している。

あれから一年半、元の場所に家を建てることができてやっと普通の生活に戻ることができた。

（平成十年二月二十三日）

柿の木物語

朝食の後、母が一枝の柿を持ってくる。西の方に植えられている柿の枝が大きく繁り、お隣の庭に乗り出しているのを庭の方に入れようとして折れたと言う。

「ちょっと見て」と差し出された枝に小さな小さな緑がかった蕚《がく》が数個連なるようについていた。母は「初めて実がなってるねん」と残念そう。実になるかどうかは分からないが七、八個枝の葉にくっついているものは蕚には間違いない。「初めて実がなってるねん」と同じことを又言ったので「またできるよ」と軽く言うと「もうこれしかないねん」とまだ残念そう。

十年たって、やっと実になる用意をしていた一枝がどんなに貴重なものか、まだこの時は気がついていなかった。「若葉は体にええからね」と母も気持ちを切り換えてカキ茶を作るつもりになって外の棚に置いた。

仕事をしている時あの柿のことが気になる。十時頃家に電話してみた。一回目はいなかった。二回目に母の声がした。もしかしてカキ茶にすると言っていたからもう葉は全部ちぎられているかもと思いながら。母に「絵を描くことにしたからそのまま置いといてくれる」と伝えた。「家の中に入れて水にさしておくわ」の言葉に安心した。どうして絵にして残したいか分からない。ただ柿の生命力が私たちに教えている何かに気がついたからである。

今から二十数年前、まだ昭和と言っていた頃、父も母も元気だった。八百屋さんから熟した柿を買ってきては種をポンポンと庭に放っていたそうである。そのうちのどれかが育ってしっかりした柿の木になった。夏は葉が繁ると日除けになって西の縁側を涼しくしてくれた。父が亡くなり新しい家を建てた時も柿の木はそのまま同じところで大きくなった。

それから四年が過ぎた一月十七日、家は全焼し灰の山になった。庭の木々も跡形もなく、灰と家の土台と瓦礫だけの廃墟と化していた。

瓦礫の中から一番最初に甦ったものがあった。緑色の葉を見せて立っている小さな植物を見つけ、それがこの柿だった。地面の奥深くで生きていたのである。何が幸いしたのだろうか。灰が肥料となって土の中で育っていたのだろうか。この柿の木だけが次代を担って生きてゆくための使命を持って生き還ってきたのだろう。

十年経って初めて実をつける用意をしてくれた柿だったのである。それも母が持つ一枝のところにだけ成長の証を見せに来るなんて、まるで作り話のようにうまくできている。

稚拙な絵ではあっても絵にして残したくなったことも、柿の木が私に伝えたいものがあったからだろう。

昭和の時代を生き続けた柿の木は今度は平成の柿となって生まれ代わり、わが家の守り神となって生き続けてくれるだろう。

（平成十七年四月三十日）

鈴なりの蕚

ほーちゃんと庭で遊ぶ。

柿の木をふと見上げた。

毎週日曜日に放映される、とあるテレビ番組のナレーターの決めゼリフが、声になって出てきそうになった。

「なんということでしょう」

柿の木の葉と葉の間に、蕚が小さな鈴のように薄緑になって連なっていた。よく見てみると、大きく伸びたいくつもの枝にその姿がある。

蕚のことが知りたくて、辞書を引いてみた。

『被子植物の花被の一番外側にあって花弁をかこむ部分』とあった。

私の母がまだ元気だった平成十七年に、折れた一枝に萼を見たのが最初だった。けれど、それが最初で最後だった。平成十九年も二十年も、なんの兆しもなかった。それでも諦めないで、いつも主人が世話をしてくれていた。それが実を結んだのか。

震災から十四年。やっとたくさんの萼をつけてくれた。どうか育ってくれますように。

今年、うれしい期待ができた。

（平成二十一年四月二十八日）

大震災のときに来てくださった神様たち

今日、家事をしながらちらちらとテレビを観ていた。

広島で起こった土砂災害の現地取材をやっていた。その中で、小学生の女の子がそのときの恐怖をノートに書きとめていたという話があった。

それを観ていて、ああ、私もこの子と同じように阪神・淡路大震災の体験を書いたな……と思い出した。あの大きな恐怖を忘れてはいけない。でも人間は忘れる動物でもある。特に私は、苦しいことは早く忘れたいほうだ。その代わり、ノートに記録して残すことは苦にならない。

東日本大震災があったとき、私は縁を作ってくれた文芸社に手記を送った。先日、その編集部から別のことでお電話をいただいたとき、広島の土砂災害のこともあり、私が以前送った阪神・淡路大震災に関する手記「五人といっぴきの震災」のことに触れてくれたのでうれしかった。

今日、久しぶりにその手記を開いた。

十九年前の阪神・淡路大震災の直後から書いている。今はすっかりぬるま湯に浸りきっていた自分が、文字を追うごとに、広島の女の子が書き残していた気持ちと重なっていく。

忘れかけていた、いっぱいの愛がよみがえってきた。私は多くの愛を受けていた。阪神・淡路大震災で家がだめになり、近くの小学校に避難した朝、淡路屋という弁当屋さんから温かいお弁当が届いた。この支援のあと、数日間は温かいものは口にできなかった。すぐに届けられたお弁当の温かさが今でも思い出される。

愛犬「くま」も運動場に避難していた。見知らぬ人がドッグフードをたくさん分けてくれた。家から何も持ち出すことができなかった私たちは、同じように避難してきた人から懐中電灯をいただいた。数日間、電気のない暮らしの中、どんなに役に立ったか。

みんな地獄を見た人たちばかりなのに、神様になっていた。

それから数日、数ヶ月、無償の愛は続いた。

震災直後、あらゆる交通手段が遮断されている中、数時間をかけて愛を届けに来てくれた人たち。それは一人や二人ではなかった。その人たちは、また数時間かけて帰ることになるのに。

大きな大きな神様たちの後ろ姿に、手を合わせた。


（平成二十六年九月二日）

震災から二十年

震災から二十年の今日、思いついて主人と三宮の南公園に出かけた。

朝から、テレビでは二十年前の悲惨な光景が映し出されていた。

私たちもあのとき、あの真っ只中にいた。

まわりでは二十人ぐらいの人が犠牲になった。隣の女の子もその一人だった。

その直後は自分たち家族全員の無事を確かめるのに精一杯だった。

あとで分かったことだけど、家が新築に近かったから、類焼でなくなったけれど、命を助けてくれた。

魚崎小学校に避難しているとき、次々と運ばれてくる遺体と共に過ごした。

我が家がまだ火事になっていなかったとき、家の状態を見に来た隣の女の子のおばあさんに会った。

「上の孫が、どこかの病院に連れていかれてね。全然、動かしませんねん」と衝撃な言葉をかけられた。

明治生まれのしっかりした人で、いつも母が褒めていた。その人が孫を気遣う気弱な人に変貌していた。

鎮魂歌が流れている。

六千人以上の名が記されたところに入っていった。

あいうえお順に名前が刻まれている。

名前を見つけた。その名前に手を合わせて黙祷した。

私の姪と同じ年齢だった。姪は今年の三月お母さんになる。

もう一つ、私たちには偶然があった。それを書き遺していた。

〝五人と一ぴきの震災〟より
平成七年一月二日

我が家では毎年、新年が明けた二日に魚崎の八幡さんにお参りに行くことにしている。

今年も家族五人で出かけた。

お参りが終わって東側の歩道の信号をめざし、北に歩く。

西側の歩道をお隣の家族四人が歩いていた。八幡さんにお参りに行く途中だろう。道路を隔てて新年の挨拶を交わした。

二人の娘さんは晴れ着を着ていた。とてもきれい。とても華やかだった。

この日は暖かいお天気のよい日だった。

二十年目の今日、南公園に来るとたくさんの人が来ていた。

竹で作られた筒が1・17の形に並べられ、一つひとつ竹の中のローソクが私たちに話しかけているように揺れていた。黄色い短ざくには思い思いの気持ちが書かれて、まるで花が咲いているようだった。

テレビで観ているだけでなく、こうしてこの地に主人と来られたことで六千人以上の犠牲者の方々に礼を尽くせたような気がした。

（平成二十七年一月十七日）

やさしさはどんなときもある

三月十三日の読売新聞の十四面に「読者と記者の日曜便」で温度差のことが載っていた。

東日本大震災から五年、関西のほうに避難してきている人からの投稿だった。用があって避難先から大阪に出かけた女性がケーキを買うためデパートで並んでいる人たちを見て、福島ではガソリンを買うため長蛇の列だというのに。そのとき、大きな温度差を感じたという。

実は私も二十一年前の阪神・淡路大震災のとき、大きな温度差を感じて寂しい思いをしたことがある。

地震で何もかも失って、魚崎の家のまわりでも二十人くらいの人が亡くなった。学校に身を寄せてたくさんの知らない人たちと生活を共にした。不便な生活のなか夫と尼崎に出向いた。もちろん電車は途中からしか動いていなかったので歩いて電車の動く駅まで出かけた。地震から数日、どうしても洗濯がしたかった。コインランドリーを探して尼崎に出かける。

被害が全くなかったところなので、そこには普通の生活があった。

新聞に投稿してきた女性と同じ気持ちをこのとき、私も思った。

すべてのものを無くしてしまった私たちには、前に進む気力など皆無になっていた。そのような時に当たり前の生活をしている人に出会うととても悲しくなったが、それはちがった。そのような大変なときでも愛がいっぱいあった。

同じ被災者の方から「二つあるから」と一つ懐中電灯をいただいた。

我が家の飼い犬を学校のフェンスにつないでいたらドッグフードをたくさん分けてくれた。

みんな、同じ立場だったのにやさしさがあふれていた。

どんなときも愛を受けていた。

どんなときも愛はあふれるほどあった。その愛を順繰りで返していかなくては。

（平成二十八年三月十八日）

第四章　動植物の中で

幸せな犬

夕方住吉川を歩く。折り返し点でリュックを下ろし水を出そうとしていた時、見知らぬ犬が走り寄ってきた。茶色にグレーが交じっていて変わった毛並の犬だった。顔がテリヤのように毛が長くて可愛い。まるでずっと前から知っているみたいにすり寄ってきた。

わが家にも十六歳の柴犬がいる。それで犬の臭いがするからだろうか。飽きもせずじゃれてくる犬。笑いながら撫でている私。その傍らで一緒に笑っている若者。まだ五ヶ月の子どもだと言う。

この犬のことを話してくれた。

もう少し小さい時に保健所でもらってきたと言う。もらってこなければこの子は殺される運命にあった。無邪気に遊んでいる犬を見て、愛されて家族の一員になっている姿を思い浮かべ、なんと幸せな犬だろうと思った。通りすぎてゆくどの人にも寄って行っては笑いが飛び交っている。幸せを配達している犬にも見える。

御両親が二人きりなのでよくケンカをする。それでお姉さんが犬を連れてきたのだそうだ。週に一回若者もこの子に会いたくて帰ってきて散歩しているのだと教えてくれた。犬が家族の一員になったことで御両親も仲良くされていると言ったので二人で笑った。

若者と話していてわが家のくまちゃんも幸せな犬だと思った。

震災で隣の家が瓦礫となって庭に覆いかぶさっていた。犬小屋はその下に埋まっていた。くまは鳴かなかった。うめき声もしなかった。そこは無人のように静かだった。直後私たちは魚崎小学校に避難した。もうくまのことは諦めていた。ところが一番可愛がっていた主人は諦めきれず何回も何回もさがしに家に戻った。遠くで燃えていた火は家の方に近づいてきていた。小さな隙間からくまの姿を見つけた主人がくまの水色の首輪を持って大きくくまの方に体を傾けて学校に連れてくることができたのだ。

主人が諦めないで火を恐れず、絶対見つけるという信念が通じたのだ。あの時くまを見つけることができなかったら火の中で生きたまま死んだことになる。

十六歳になって目も見えなくなって、耳も聞こえなくなってきて、若い頃のように自分の思う通りには生きられなくなったけれど、最後の仕事として介護というものを私たちに教えてくれている。

みんなに介護されているくまも幸せな犬だと思う。

（平成十六年十月三十日）

みなみありがとう

昨日の四時頃、シーアに買い物に行かなくてはと思って外出の用意をしていたら、二回インターホンが鳴った。二回鳴らすのは娘が来たことになる。

私と陽子の間でそんな約束をしていたから。

玄関まで迎えに出る。陽子は玄関の中に入っていた。

泣いている。これはもしかしたらダンナさんとケンカでもしたのかと少し目立ってきた陽子のおなかを見て思った。

陽子の口から全く違う言葉が出てきた。

「みなみが死んだ」と。

以前、ダンナさんとケンカしたとき、プチ家出をして我が家に来たことがある。そのとき、自分のものは何も持ってこなかったのに、みなみは連れてきていた。みなみの水を入れる道具とかエサの袋など、みなみのものばかり持ってきた。

あのかわいい、かわいいうさぎのみなみが死んだ。みなみは陽子が赤ちゃんのときから育ててきた。夜中も数回起きて自分の赤ちゃんを育てるように世話をしていた。みなみが大きくなってから男の子だということがわかり、大笑いした。ずっと女の子と思っていた。

陽子が結婚する前はみなみと一緒に暮らしていた。ちょうど、くまがいなくなって身代わりのように来てくれて、どれ程、私たちを癒やしてくれたことか。

赤ちゃんのときは、フワフワのやわらかい毛でおおわれていた。だんだんヤンチャになってとても元気で部屋を走りまわっていた。主人が寝ころがっていると、足元をジャンプして止まることなく走りまわっていた。部屋のあっちこっちにみなみが咬んだキズがある。至るところにキズがあった。

それがみんな思い出になってゆく。陽子がお嫁に行くときも、みなみも一緒に新しい家に行った。そのみなみが天に召された。

ふじの別れと似ているように思う。

ふじは鹿児島にいたときに飼っていた柴犬だった。神戸に転勤になったとき、気性の激しいふじのことを主人と相談した。家族以外には絶対になつかない犬だったので、困っていた。それから数日して車に轢かれて死んだ。

陽子は九月に母になる。みなみは、もう自分の役目が終わったと思ったのだろうか。ふじが家族に迷惑をかけたくなかったように。


（平成十八年五月八日）

シュロの木と再会

すごい、すごいよ。大きな大きなシュロの木に出合ったよ。まるで童話の世界に入ったようなときめき。

いつも歩いている甲南からの帰り、ずっと気がつかなかった。それはこの道を通っていなかったからだった。一本西側の道を買い物からの帰りに歩いていたからだった。

誰かが私を導いてくれた。いつもと違う道を歩いていた。

大きなシュロの木がそびえたつように三本、庭のまん中にあるのを見つけた。それは力強く天を突きさすようにたくましく立っていた。よく手入れされた木は、二階に届く程になっていた。幹は数十年、世の中の変化を見てきたように頼りがいのある、大人が手をまわしてもかかえきれないくらい太く頼もしい木になっていた。木の上には数本の枝が大きな扇を広げているように美しい緑が天に映えていた。

しばらく立ち止まって見つめていた。

他人の庭の木にこんなに感動している人間が世の中にいることは稀なことだろう。私はそのホンの一握りの中に今入った。

私がたくさんの年を重ねてきたのと同じようにシュロも昔と同じ場所で生きていてくれたのかと、それがよろこびになった。

今から数十年も前のこと。

母と一緒に暮らしていた昔のことだった。娘が幼い頃、うば車に乗せて毎日のように甲南のほうに買い物に来ていた。そのときから知っている木。まだ幼い三本のシュロの木が植えられていた。

ただの通り道の一つの光景としてその庭を見ていた。その後、堺で暮らし、神戸に戻って月日は重なり、長い年月が過ぎた。すっかり記憶の中から消えていた。

思いがけず再会した木。「地震のときも大丈夫だったのね。生き残っていたのね。私はいろいろ体験したけど、あなたはここでずっと守られてきたのね」としばし木の近くの道に足を止め、離ればなれだった友に逢えたように喜びをあらわにした。そしてこの木を守ってくださった家人に心でお礼を言った。

これからは、太くたくましく大きく育っている、私の若い頃の子育ての時代を知っている木といつでも逢うことができる。そう思うと楽しいことがまたひとつ私の手の中に戻ってきてくれた気がした。

（平成二十一年十二月七日）

犬の恩返し

来年のカレンダーをもらうため、近所の信用金庫に出かけた。

カレンダーを手にして出てきたら、大きな犬を紐なしで散歩させている中年のおじさんがいた。犬の散歩は必ず紐につないでするのが鉄則のはずなのに、と思いながら歩いていたら、私のそばに寄ってきた茶色のワンちゃん。

私の家にも、数年前までは家族の一員として柴犬の「くま」がいた。だからこうして出合えるワンちゃんは、どの子も可愛い。

おじさんが「この犬、ヒトが好きやねん」と言った。

私が大きな茶色の体を撫でてあげている間も、私のすることに任せている、本当におとなしい犬だった。何か大きな子どもをあやしているような気になってきた。

「去年、嫁さんが死んだ。これが慰めになってるねん。いっつも一緒やねん。寝るときも一緒やねん」

と、温かいまなざしで犬を見ている。やさしいおじさん。

「小さいときからいるんですか?」

と聞くと、

「あそこにつながれとってん。それを連れて帰ってん」

おじさんが指さしたところを見る。道端の樹のそばのフェンスに、短い紐でつながれて捨てられていて、すぐ連れて帰ったという。

そのワンちゃんは、おじさんのこれからの寂しい人生に、〝癒し〟という恩返しをしているのだと思った。

（平成二十三年十二月二十二日）

幸せな老い

夕方四時三十分頃、家を出る。

今日は家から東に向かう。散歩に出るとき、いろんなコースを直感で選んで向かう。それによって不思議とトキメキの出会いがある。

新堀公園の近くに来てポインター犬を散歩させている人と会った。

犬を散歩させている男性は少し足が悪いようで老人の歩く姿におぼつかなさが感じられる。その後ろを、老人よりもっと年老いた女性がゆっくり歩いてくる。

私は歩くことが大好き。この方たちも犬の散歩をかねて歩いている。いいことだと思いながらも少し危なっかしかった。

犬は白い体に黒い模様が美しい。

通り過ぎてから犬の後ろ姿を見た。後ろ足の左が伸びていた。

私は過去に長い間犬を飼っていたから分かる。我が家のくまも十五、六歳くらいから足が曲がらなくなった。

この犬も三本足で一生懸命歩いている。

昔のくまを見るよう。

私には老人と女性と犬の三通りの老いのケースを見ているようだった。

老いは恥ずべきことではない。ここまで歩んできた軌跡というものが残る。老いるほどに人間は深みを増す。そしてやさしい人間になりたい。温かい人になりたい。そういう思いが、貪欲になる。

この人たちに出会って、体は老いているが心までは老いていないよと教えられた。

後ろ姿が微笑んでいたから。


（平成二十七年十月十七日）

犬を連れた人たち

今日はいつものように散歩に出たが、先に公園でハーモニカを吹くことにして家を出た。

どの公園にしようかな。魚崎周辺にはたくさんの公園がある。いろいろ考えながら歩く。

東に向かう。川の手前に二つの公園が道を隔てて上と下にある。下の公園をのぞいてみる。若者がベンチに座ってスマホを見ている。上の公園はどうかな。

入り口のところで犬を連れた人が三組もお話ししていた。公園の中には誰もいなかったのでベンチに向かった。そして入り口から一番遠いベンチを選んだ。

昨日の失敗があったから、どうしても今、ハーモニカを吹きたかった。

いつも買い物をしてから公園でハーモニカを練習していた。日が短くなっていて川井公園に行こうとしたらまわりは暗くなっていたから。

時計は四時四十分、まだ明るい。

『愛燦燦』を吹いてみる。思いっ切り大きく吹いてみた。気持ちよかった。目を瞑って今度は『夕焼け小焼け』を吹いてみた。吹きながら目を開けてまわりを見る。

別の犬を連れた女性が公園の中を歩いていていてにっこり笑ってくれた。それからも何曲か吹いた。

入り口のところの犬を連れてお話をしている人たちが増えていた。

楽しそうに話している。ちょうど、犬たちも散歩の時間になるのだろうか。飼い主さんのじゃまをしないようにどの犬もおなかを道路にくっつけておとなしく待っていた。

私にも経験がある。犬を連れているとき、同じような人たちとよく話をした。くまが天に召されてからも、そのような方たちとはなんのこだわりもなく話ができる。

最近、犬を連れた人が「いま一人でね。この子がいてくれて寂しさを忘れさせてくれる。この子が癒やしになるねん」と話してくれることが多くなった。

あの公園の入り口のところでお話をしている人の中にも、そのような人がいるかもしれない。犬がいてくれるからお友達ができる。明るい笑い声が私のところまで届いている。

じゃまにならないように公園をあとにした。

（平成二十七年十月二十三日）

第五章

家族の中で

二人でホタルを見る

夜、八時四十分、ウォーキングに出る。

昨日の美しいホタルの幻想の地に陽子を連れていきたいものだと思いながらひとりで歩いている。

東岸を北に向かう。

歩きながらずっと住吉川の水の流れにゆらぐ草の中を見つめている。

一点、一点の明かりをさがしている。そう明かりはうっそうとした草の中に見えるはず。二号線の下まで来たが、見つからなかった。針の光すら見えない。

今日はダメかな。ホタルいないのかな。

そんなことを思いながら川のほうを見て歩いている。

誰かの呼ぶ声がする。振りむくと陽子だった。

私が家を出るとき、「お母さん行ってくるよ」と声をかけて出てきた。あれからだいぶたっているように思う。その後、陽子が歩いていたとは。それに私より遅れていたのに、すでに数十メートル後ろに姿があった。そして、すぐ追いついてきた。

二人でホタルを探す。見つけられなかった。陽子が帰ると言う。私はもう少し上の阪急のところまで行くことを勧める。

きっとホタルがいるはずと。

私の想いは通じた。

草のあっちこっちから、かすかに小さな明かりが、まるで息をしているようにささやいている。その光は小さいものだったけど、ホタルという存在感を発揮していた。

私の願いは叶った。

娘と二人でホタルを探す幸せ。

そして夜更けの川べりを娘と肩を並べて歩いているよろこび。

一日のしめくくりとしての大切な時間を、二人で過ごしたよろこびをかみしめている。

（平成十五年六月四日）

世界に一つだけの花

今日は私の誕生日で前から決めていた店に行くことにしている。それは元町にあるドールハウス。

この店を見つけたのは震災後すぐだった。

私は私のために数年前から自分の欲しいものを自分でプレゼントしている。ドールハウスで買うこともある。お店に寄ったらゆっくり隅から隅まで眺めて楽しんでいる。

このお店には私の大好きなものがある。それはミニチュアのテディベア。まず金額を調べておく。ミニチュアのものはなんでも高価なので数ヶ月かけてお金を貯める。十センチぐらいのベアは全部手づくりで手も足も動く。首も動いてとてもかわいい。一番大きいものでも十センチと決めているので、それより小さいものは手の中に入れるとすっぽりかくれる。世界でも多くはない。

それを手に入れるまでの数ヶ月が楽しい日々の連鎖になる。

仕事が終わって二時頃会社を出る。電車の中でもうすぐ三宮に着く頃、ころころと空のペットボトルが転がってきた。通路で止まる。私はそれを拾うかどうか思案している。「気がつかず歩いてきた人がつまずいたりしないかな。通路のまん中に止まっているボトル。あれを電車を降りるときに拾ってゴミ箱に捨てようかな」と考えていたら、もうひとりの私が「やめとき、やめとき、どうってことないよ」と言っている。

電車が元町に着いた。すると、勝手に腰をかがめて拾うもうひとりの私がいた。よかった！　私の誕生日にいい行動をさせてもらった。

夜、主人が「おまえの好きなもの買ってきてあるねん」とテレビの後ろの扉を開けた。阪神デパートの袋に入ったものを取り出す。ピンクのリボンで結ばれている箱があった。小さな四角いものだけれど手に持つと重い。

リボンを解いた。夢にも思わなかったオルゴールだった。主人が私のために小さなオルゴールを求めてくれたのが嬉しい。

ネジを回す。

〝世界に一つだけの花〟がやさしい音色で流れる。

会社から帰ってきたとき、私に「おめでとう」を言ってくれた。それだけで十分だったのに、こんなうれしいプレゼントがいただけるなんて。

「お父さんありがとう」

世界で一番幸せな人は私だったんだよね。主人が買い求めているとき、店の人はきっと子どもへのプレゼントと思いながらラッピングしていることでしょう。それを想うとますますうれしさが増してくる。

（平成十八年二月二十五日）

母の日の贈りもの

ウォーキングから帰ってきたら母が「陽子ちゃんがこれをお母さんにって、置いていったよ」と言う。テーブルの上にかわいい紙袋が載っていた。

さっそく開けてみると、体のツボを押す器具だった。私の肩凝り性を気にしてくれていたのかな。

陽子はよく気がつく子で、小さいときからいつもこうして家族に贈りものをしてくれる。お礼の電話を入れた。

夜十時四十五分頃、会社から息子が帰ってきた。「おかえり」と声をかけると、いつもは「ただいま」と言いながら二階の自分の部屋に行くのに、リビングにやってきて、テーブルの上にくしゃくしゃになったレジ袋を置いた。「なに？」と言いながらそばに行く。

レジ袋の底のほうに小さなものを見つけた。取り出してみる。アズキ色の古ぼけた箱に入っている四センチくらいのハーモニカだった。箱は壊れそう。とても古そうで小さな箱なのに貫禄があった。

「ありがとう。お母さん、こんなん大好きやねん」と何回もありがとうを言った。

男の子は日頃口数も少なくプレゼントをもらうこともそう多くはない。だから陽子には悪いけれど、うれしくて涙が出そうになった。

ずっと昔、高校生ぐらいのとき、母の日にカーネーションを一輪くれた。このプレゼントは一生忘れられないよろこびだった。

この小さな私の大好きなミニチュアのハーモニカ。見つけるのは大変だったでしょう。うれしくて寝ている母のところに見せに行った。「あーあ、かわいいね」とねむたいのに私と同じようによろこんでくれた。

この四センチしかないハーモニカ、驚いたことに音が出た。少し吹いてから古ぼけた紙の箱に収めた。それから私が収集しているたくさんの仲間たちの集団の中に入れた。このとき、いつも言っている。「みんな仲良くしてね」

（平成十八年五月十四日）

育てる幸せ

昨日、ほーちゃんが初めて寝返りをしたそうだ。ママだけがそれを見た。ビデオに撮ったというので、今度見せてもらおう。

ママが「私のとき、どうだった?」と聞くので、「覚えてないね」と言ったら「そうか、覚えてないのか」と少し寂しそうだった。ほーちゃんの初めての寝返りという最高の感動を味わったから、自分のときはどうだったか聞きたくなったのだろう。ジイジも「忘れたなあ」と言っていた。

でも、勘違いしないでほしい。子どもを持って育ててゆく感動は、ほーちゃんのママと一緒だ。そのときそのとき、世界中の感動を自分一人だけに与えられたみたいにうれしくて、誰かに伝えてまわりたくなって、みんなで喜び合っていた。

あなたの成長の思い出はいっぱいある。だから悲しまないで。大切な子どもに、未来に、少しでも幸せが与えられるよう、どの親も一生懸命に育てているのだから。あなたが今ほーちゃんにしているように。

少し思い出を書いてみよう。

あなたが生まれる前、鹿児島にいた頃、私は悩んでいた。はじめての子どもである岳人と同じように、次の赤ちゃんにも愛情をかけることができるだろうかと。でもそれはまったくの取り越し苦労だった。子どもにかける愛は底なしで、泉のように枯れることはなかった。

あなたが生後三ヶ月のときに神戸に戻ってきて、三ヶ月健診で保健所に行ったとき、保健師さんがあなたの両足を広げるようにして何か調べていたけれど、「ちょっと硬いなあ」と言っただけだった。そのあと五ヶ月頃に小児科で診てもらったら、「どうして今まで放っておいた！」と怒られた。それから大きな病院で調べてもらい「形成不全」という病名がついた。もし小児科の先生が怒ってくれなかったら気がつかなかったかもしれない。

体を固定するバンドがはめられ、それは一歳の頃まで続いたけれど、バンドのせいで足を伸ばすことができなくなったあなたは、最初の三日三晩を泣き明かした。けれど、やがてバンドをはめたまま立つことができたので、うれしくて病院の先生に話したら、

「すごいなあ、相撲とりみたいやなあ」

とたくましいあなたを褒めてくれた。

足はすっかり完治して、大人になってダンスができる体になれてよかった。

あなたにいっぱい喜びをもらったことは、あなたが今、ほーちゃんから味わってい

る幸せと同じ。だから、初めての寝返りを覚えてもらえてなくて寂しいなんて思わないでね。

（平成十九年二月二十四日）

新聞の切り抜き

引き出しを整理していたら小さな新聞の切り抜きが出てきた。広げてみると、私の字で〝平成十二年十二月六日〟とボールペンで記入してあった。読売新聞の片隅に「ティータイム」という読者投稿欄がある。切り抜きは私の高校の頃からの親友だったN・Fさんの投稿で、「結婚十年、すてきな娘夫婦」という題だった——。

去年の六月、私の母が急死した。一度の大病もせず、私が朝起きたらすでに旅立っていた。なんと子ども孝行な人だと、母のことを誰もが褒めた。私はそれを聞くたびに、顔では笑ってうなずいていたが、心の中では「違うよ、違うよ、私は母と一緒に暮らして大変だったんだから！」と叫んでいた。

母は、「あんたにしか言われへんねんから」と、外面の良いぶん、私に対してはわがままだった。かわいいところやいいところもいっぱいあったが、母を褒めるみんなの言葉を私は素直に聞くことができなかった。

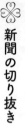

この気持ちを誰かに聞いてもらいたい。そうでないと私は病気になりそう……。そう思った私は、そのときN・Fさんに電話をした。でも、高校のときからの友達、私にとっては親友のはずの彼女の口から出てきたのも、母をたたえる言葉だった。そうか、親友だと思っていた人はそうでなかったのか……。半世紀近く友達でいた私たち。私と同じ目線になってフンフンと話を聞いてくれるだけでよかったのに……。

このとき、彼女とは私のほうから絆を切った。

気持ちが沈んだままの私は、知り合いのお坊さんに話を聞いていただこうと思いつき、気持ちを吐き出させてもらった。するとお坊さんは、

「お母さんは今、謝っているよ」

と言ってくださり、その一言ですべての重い重い鉛のようなわだかまりが解《と》けた。

あれから、もう一年になろうとしている。彼女からは、あのときから一切の音信はない。それでも、その前から八年以上も引き出しに眠っていた小さな新聞の切り抜きが、離れていた心をぐっと近づけた。

あなたと一緒に歩いた長い長い道。それは尊く光っている、かけがえのない道程。思い出がいっぱい私を包んでゆく……。

「ありがとう」

私は切り抜きに頭を下げた。

無償の愛

（平成二十年六月十七日）

いつものように買い物をいっぱいして帰路に着く。私は料理をするのが好きで、どうしてもたくさん買ってしまう。食材の詰まった袋を肩からかけて歩いていたら、なんでこんなに重いものを担いで歩いているのかな……と考えた。

それは、無償の愛。その愛をかけられる人がそばにいてくれる幸せ。おいしいものを作って、食べてくれる人がいるから元気が出てくる。「おいしかったよ」と言われなくても、食器がカラになっている。それでいい。もし「おいしかった」の言葉があれば、大きなおまけだと思えばまたうれしい。

家族に対する無償の愛、孫に対する愛、ご近所に対する愛……。

ここで間違ってはいけない。それは孫に対する愛のこと。責任がないからと、孫への愛が〝溺愛〟になってしまう人がいるが、それは違うと思う。孫に対しても、親とは違う責任があるはず。ダメなものはダメと教える強さも必要だ。それこそが無償の愛だと思う。

子どもや孫は自分だけのものではない。赤ちゃんのことを〝神様の預かりもの〟と表現することがある。預かりものは、大切に育てなくては。無償の愛で。

（平成二十三年四月八日）

二百点満点の人

私とあなた、縁があって早四十年余り。五十年も二人して迎えることができるだろうか。母がよく言っていたよ。父との五十年がもうすぐやってくると。その年を楽しみにしていたのに、天に逝ってしまった。五十年を迎えるのはなかなか難しいもんやなあとも言っていた。

私たちはどうだろうか。やっぱり一緒に迎えたいねえ。これまでの間にいろいろなことがあったからこそ、今が濃いのかもわからない。

世間では〝百点満点〟が最高の点数でしょう。でもあなたは違った。どんなに差し引いても百点以上のものが残っている。私はすばらしい人を伴侶にしているんだ。

老いを実感する年になって、私は思う。「よかった」と。あなたとつながっている人生を、これからも一緒に送ることができることを。

長い間、お仕事ご苦労様でした。これからの新しい道がどのような色に染まってゆくか楽しみです。

長い間、第一線で働いていた主人の最後の日、私はこの手紙を手渡した。

よく喫茶店などで女性同士がお茶を飲みながらご主人の悪口をいろいろ言って発散している場面に出会うが、それは私は好きではない。私の主人、二百点満点の人でよかった。

（平成二十三年八月十九日）

五百円玉が教えてくれたやさしさ

今日はスーパーで安売りがある。それは明日が定休日だから。

チラシをすみずみまで見て、その中から安いものを探す。買いたいものに黒のマジックで丸をつけ、たくさんの品々をメモに書き入れた。この品物を主人が買ってきてくれる。自転車で。

ある人に聞くと、ご主人に買い物を頼むととてもいやな顔をして出ていくので頼みづらいらしい。それに、頼んだもののほかに、必ずご主人の好みのものが増えているという。

ありがたいことに、我が家の主人はいやな顔をしたことがない。いつでも「行ってこようか？」と言ってくれる。私は家で待っている。

今日は主人が買い物に出たきり、長いこと帰ってこない。安売りをねらってたくさんの人が来ているからだろう。「長い列でレジに時間がかかる」と以前に主人が言っていたっけ。

ようやく主人が帰ってきた。「おかえり」と、庭に自転車をとめている主人に声をかけた。自転車の前カゴには、レジ袋が大きなかたまりとなって二つも収まっている。

「いっぱいの人だったでしょ」

家に入ってきた主人は、両手に持ったレジ袋をデンとテーブルに置いた。

ズボンの右のポケットをまさぐって、おつりをテーブルの上に置いてゆく。一円玉、五円玉、十円玉……あれえ？　と言うように、主人が不思議そうに何回もポケットに手を入れる。「おかしいなあ」と声に出した。

私の大好きな五百円玉がなかなか出てこない。

五百円玉は、我が家の貯金に一役買っている。お札の貯金はなかなかできないが、五百円貯金ならできそうだと、買い物をするときは、おつりの中に五百円玉がまじるようにお金を払うよう心がけている。

主人が「ないなあ」と軽く言って、二階へ上がっていってしまった。

私はそれが気に入らなかった。怒りがふくらんできて、パンパンの風船がバーンとはじけたように、私の心が切れた。理性をどこかに飛ばしてしまった。二階にいる主人にぶつけたい気持ちを、パンパンと大きな音をさせて、そばにあった空のペットボトルを壁に投げつけた。

何回目かの音で二階から下りてきた主人は、やっぱりやさしかった。スーパーに、「五百円玉が落ちていませんでしたか」と電話したあと、「自転車で探しに行ってくるわ」と出かけていった。

「そんなん、見つからへんわ」と憎たらしい言葉をかける私。

やがて主人が帰ってきた。「あった。あった」と言いながら。

「右のポケットばっかり見ていたからなかってん。左のポケットにあったわ」

主人の手の中に、私の大好きな五百円玉が光っていた。

主人が二階に上がってから、不思議なことが起きた。私の心に主人のやさしい心が伝わってきて、同じようにやさしくなってくる。なんとやさしい人か。それをまた今、気づかせてくれた。

やさしい主人の心と私のやさしい心。二つのやさしい心が混ざって、私は二階の主人のところに行く。さっき主人の手の中で光っていた五百円玉を持って。

「これ、怒り賃。今度から怒ったらお父さんに五百円あげるわ」

怒るたび主人にあげるのはくやしい。もう怒ったりしないぞ。五百円貯金がいっぱい貯まるようにガンバルぞ。

そしてたくさん貯まったら、あなたと一緒に楽しいところに行こうと決めた。

（平成二十五年十月二十二日）

夫への手紙

今日の新聞に感動の投稿記事があった。何回も読み返した。涙が止まらない。止めどなく頬を伝うとはこのことか。

それは「やり残したことないよ」という題で、重い障害のあった息子さんを三十一年間、夫婦で支えてきたという話だった。息子さんを見送ったあと、今度はご主人ががんになり、奥さんは「寿命なんて誰にもわかりませんよね」と医師に言ったが、その半年後にご主人は旅立ったという。

二人の家族を見送って、「やり残したことないよ」と言える強さに感動した。

私は二年前、ある行動を決行した。それは七十歳を迎えたときだった。六十九歳まではまだまだ未来が続くと思っていた。七十歳になったとき、初めて「死」というものを実感した。いつまでも生きられるものではない、一日一日がどんなに大切かと、たった一年の違いなのに一日の重みが違って感じられた。

だから、さっそく行動に移した。思っているだけでは相手に通じない。まず、思い残すことがないように夫に手紙を書いた。子ども二人と孫二人にも書いた。それをファイルに入れ、他のファイルと一緒に立てかけた。

夫に書いたのは、次のような手紙だ。

弘二郎様
コーさん、結婚する前のこと、覚えていますか。私が病気療養のため一ヶ月ほど会社を休みましたね。あなたは毎日毎日手紙をくれました。

大阪で寮生活をしていたあなたが、神戸の私のところに送ってくれた手紙。普通の切手でも次の日には届いたでしょうに、いつも速達の切手が貼られていました。天井を見ながら暮らしている私には、その手紙がどんなにか楽しみだったことか。

あるとき、病気が悪化して黄疸がひどくなり目が見えにくいと伝えたら、次の日からは大きな大きな字が並んだ手紙が送られてきました。その大きな字を見て、なんとやさしい人かと心が温かくなりました。

同じ会社で、私は総務課であなたは現場で、あなたはいつも汗びっしょりになって仕事をしていました。人一倍働く人で、大きな体に大きな安全靴のあなたが事務所に入ってくるたび、誰よりも男らしく逞しい姿を見てまぶしく思っていました。シャツにはいっぱい飛び散った赤や青や黒色のペンキが美しく輝いていました。なりふりかまわず仕事をしているあなたを見るのが楽しみでした。

山が好きで、山登りのクラブを作ったりしましたね。あなたのおかげで楽しいことがいっぱいありました。

五人兄弟の四番目だったあなた。あなた以外はみんなお見合いで結婚しています。あるとき、結婚して数年たってからあなたがポロリと言いました。私たちは相性が悪いと、ご両親が言っていたと。それがもう四十六年になるのですね。

四十六年前、私を選んでくれたあなたに、心からありがとうと伝えたいです。

平成二十四年七月二十八日　靖子

（平成二十六年一月二十二日）

息子の岳ちゃんへ

岳ちゃんにずっと前、聞いたことがあるね。「親孝行したことある?」って。

「ない！」とすぐに答えたね。

でも、本当はいっぱい、いっぱい、親孝行しているよ。

この世に生まれてきてくれたこと。大きな病気もせず今に至っていること。

今朝、私が起きたときには、もう家にいなかったね。朝早く会社に行って、夜遅く帰ってくる。それが毎日のように続いています。それでも一度も不平を言わず、元気に帰ってきてくれて、遅い夕飯を食べたあと、「ごちそうさん」と小さい声で言ってくれます。

いつもお父さんと話しているの。一回も愚痴を言わないなあって。

お父さんと二人で、ありがたい、ありがたい、と話しているよ。

岳ちゃんがまだ私のおなかにいた五ヶ月のとき、お父さんが鹿児島に転勤になりました。もう安定期だったので、家の裏にある百メートルぐらいの山に登ったら、下りてきてすぐおなかが痛くなって、もう少しで大変なことになるところでした。

五月三日に生まれた岳ちゃんは、黄疸がきつくて、母親の私は一週間で退院できたけれど、岳ちゃんはもう一週間病院にいることになりました。神戸から手伝いに来てくれていた私の母に、毎日のように病院に見に行ってもらって、岳ちゃんの話を聞くのが何より楽しみでした。

あなたはいっぱい親孝行してくれているよ。ありがとうね。


（平成二十六年一月二十五日）

神様からのプレゼント

今日も「いってらっしゃい」「おかえり」が言えた。「ただいま」も言えた。

主人が朝の散歩から帰ってくる。洗面所で洗濯ものを洗濯機に入れながら大きな声で「おかえり」と言う。息子が出勤する「行ってくるで」が聞こえる。「行ってらっしゃい」と洗いものをしながら言う。

とびっきり元気よく声をかける。

この言葉が言える幸せ。この言葉を受けてくれる家族がいることが、どんなに幸せか。

これはお金では買えないものだった。

古いノートを読んでいたら、こんな詩が出てきた。

今がしあわせ

私は想ってる　いつも想ってる
今が幸せと
おばあちゃんがいて　貴方がいて

お兄ちゃんがいて
みんな元気でいてくれる
みんな仕事を持っている
みんなこの家に帰ってくる
門灯がついている
おかえりを言う声がする
仕事から帰ってきた私
一時間のあいだに
数種の夕食が出来あがる
おばあちゃんはせんたくものの山を
次々にたたんでソファのかたすみに
積んでゆく
二人で夕食を囲む
三人で食べるときもある
四人で夕食を食べるときもある
いつも賑やか
いつも笑ってる

今がしあわせ
来年も　今がしあわせと想いたい
さ来年も　今がしあわせと
想いたいなあ

（H18・5・13）


このしあわせの一年後、六月二十四日、母が急逝した。

みんな、当たり前と思っていた。今、それが違うことに気がついた。

当たり前は、神様からの贈りものだった。だから粗末にしてはいけない。一日一日、感謝の気持ちを持って送ることを知った。


（平成二十七年四月十二日）

ママがいてよかったね

ほーちゃんが言った。

「〇〇ちゃんのおかあさんは三十歳やねん。なんで、ママは年いってるのん」

そうか。ママは〇〇ちゃんのおかあさんよりだいぶ、上やね。うらやましいのかな。

「ママね、お仕事楽しくていっぱいしたかったの。でも、赤ちゃんもほしかった。もし、お仕事ばっかりしていて赤ちゃん要らないよってなったら、ほーちゃんもこうきくんもいなかったかもね。

ヤーヤね、いつもパパとママにありがとうって言っているの。心の中でね」

ほーちゃんはヤーヤの話をだまって聞いている。

「ほーちゃんやこうきくんがいてくれてどんなにありがたいか。楽しいことや、うれしいこといっぱいママからプレゼントしてもらっているよ。それはジイジも同じ。パパのところのジイちゃんもバアバも同じだよ。みんなありがとうを言ってるの」

「ふーん」とほーちゃんが言った。

いっぱい愛しているよ。

あかちゃんがやってきた

あかちゃんがやってきた
とても美人のあかちゃん
目が大きいよ

鼻がたかいよ
そんなことより
小さく産まれたのに
大きな声で泣いていた
二千二百五十グラムの体なのに
五千グラムありそうな
大きな大きな声だった

ママは感動の涙より
その声を聞いて
笑ってしまったって
それを聞いたヤーヤも
一緒に笑ってしまったよ

あかちゃん、ありがとう
幸せをありがとう
これから仲良くしようね

アナタがきてくれて
たくさんの人がシアワセな
気持ちになっているよ

そして
あかちゃんを産んでくれた
ママありがとうね

（ほーちゃんが産まれた日に書いた詩）

（平成二十七年九月八日）

ホタル見たよ

どうしてか無性にホタルが見たくなった。
なぜかこの頃になるとホタルに会いたくなる。
住吉川の上流のあたり、ほんの少しの期間だけ見ることができる。

最近、夜は外出することを避けるようにしているので少し怖かったけれどホタルが私を呼んでいる。

思い切って決行することにした。すべての家事をすませて出かける。

やっと外が暗くなってきた。

息子に「ホタル見に行ってくるわ」と声をかける。「ホタル、おるんか」と不思議そうにしていた。二階の主人にも大きな声で「ホタルいるかも。見に行ってくるわ」と言ってから出かけた。

時計は七時三十分。住吉川に向かいながら、昼でも夜でもどこかに行きたいという気持ちがまだあることにシアワセを感じる。

主人が二階から「気ぃつけて行きよ」と言う声も背中を押してくれる。

昼間、ほーちゃんが来た。三時頃に我が家に来たから、夕方の散歩はなしになった。

「ヤーヤ　あそぼ」とさそってくれるので一緒にあそぶ。

まだ小学四年生だというのに私と変わらないほど大きくなって、こうして「あそぼ」と言ってくれるのも、あと少しかな。

かくれんぼもしたし、オセロもした。

五時すぎまで遊んだ。

たとえ四年生であっても大事な大事な孫。主人が必ず家まで送っていった。その後ろ姿を見送って手を振る私。

とてもシアワセな時間。

夜の住吉川。三十分ぐらい歩いて上流に着く。

今日の私すごいよ。誰にも追いこされなかった。私より若い人が前を歩いていたけど私がその人を追い抜くことができた。

上流には私と同じような思いの人がたくさん集まっている。子どももいた。百人ぐらいの人たちが川の中ほどにある土盛りのところの草が茂っているところに向かって立っていた。

小さな灯りはどこにもない。ただ川の流れが光って水がゆれながら動いてゆく。

少し残念。会いたかったよ。でも会いたい一念があったから久しぶりに住吉川の上流まで上がってこられた。元気をもらったね。

そう思いなおして帰ろうとしたとき、後ろがざわついた。

なんと幸運なことか。

少しはずれたところにいた男の人の左腕に二ひきのホタルが輝いていた。

たくさんの人にかこまれて、二ひきのホタルが小さな光を何回も何回も繰り返し、感動を与えてくれていた。

（平成二十八年六月十一日）

ウオゼと再会

今日、食彩館で立派な魚に出会う。それはウオゼ。最近魚の売り場では見ないように思うが。

一尾ずつトレーに立派なウオゼが入れられてラップの向こうから私を見ている。

ウオゼのおかげで遠い遠い昔に、戻っていった。

二十代の頃、料理学校に通っていた。あと一ヶ月で一年になり修了証書がもらえることになっていた。残念ながら私はもらうことができなかった。

あと一ヶ月というときに大きな病気をしたから。

この魚を見ていて、はるか遠くのその頃を、思い出した。

母が私のために魚を煮てくれた。病に臥して食欲もなかった私が母が作ってくれた魚の煮つけを、とてもおいしいと言った。

会社を休んで一ヶ月の間、何回もウオゼを煮てくれた。

いま、目の前にしているウオゼは一尾三百八十円もしていた。あの頃、豊かでなかった家計の中「おいしい」と言って食べた同じ魚はどれくらいしたのだろうか。

母の愛情を深く感じることができた。ウオゼのおかげで天の母がすぐそばにいるような気がした。


（平成二十八年十月二十二日）

生きがいはそばに

市民の映画会に一人で出かけた。

知り合いのご主人が来ていたので隣同士座った。

散歩されているので時々出会う。そんなとき、軽く会釈するだけだった。

ダンナさんのほうから話す。「何もすることがないので、暇でしょうがない」と。

会社をリタイアした多くの男の人がそのような問題に直面するみたいだ。それは、これからの長い年月とてももったいないと思う。

私の夫はどうだったのか。

もうリタイアして数年が過ぎているが、一度も暇と言ったことがない。

私は心がけていた。

できる限り町内の行事には参加してもらうことを。

みんなで集まって町内の掃除をするときは参加してもらう。そのようにしていたら、ゲートボールの一員にもなっていた。

家のこともいろいろ関わってくれる。

二人で一応テリトリーを決めている。二階と庭のほうは主人が。一階は私が。

主人が庭から「ヤスコ」と呼ぶ声がする。そばに行くと主人の手に花束が。私はその小さな花束をいただく。その花々は主人が安い苗を買ってきて育てたもの。

主人から手渡された花は、とても高価なものに変わっている。

ダンナさんに「うちでは庭の草ぬきをしたり、買い物にも行ってくれるからありがたいわあ」と言うと「うちには庭がない」と。

主人がリタイアしたとき、一番先に考えたことは主人が一人になったときのこと。

主人も会社勤めしているときは、家のことはほとんどしなかった。それで家にいるようになってからは買い物もよく頼んだ。主人はどんなときも快く引き受けてくれるので、気を遣うこともなく頼むことができた。

女性とちがって細かいところに気は回らない。思っていたものとちがう少し傷んだものを買ってくるときもあった。そのようなときも、文句を言わないようにした。

年月が主人を育ててくれた。とても買い物が上手になって安くて質のいいものがあると電話をしてくれる。

最近、主人のいいところをいっぱい見つけている。他所《よそ》のダンナさんと隣同士話をしていて私、本当に恵まれていると。そして最高に恵まれているのはこの年まで元気でいてくれるということだった。お互いに。

（平成二十八年十一月六日）

夕食を撮り続ける

また続けるものができた。

やりたい、やってみたいと思えることがまだあるのがうれしい。

昨日のテレビで「サラメシ」というのをやっていた。毎日作っている家族のお弁当をずっと撮り続けている主婦がいた。

写真は二千枚以上になっていた。

私もあの主婦のように続けていることを写真に撮って残したくなった。

毎日毎日、私も食事作りに精を出している。「おいしい」と言ってもらわなくても残さず食べてくれていたら大成功と思っている。

夕食に四品も五品も作るときがある。彩りも、野菜の活用も考えて毎日のようにちがう献立を考える。

るから。


家族の健康は私に任されている。それは苦痛ではない。大好きなことを任されている。

主人が「ごちそうさん」と言ってくれる。息子が「ごちそうさん」と言ってくれる。その言葉でまたおいしいものを作ろうと、元気がもらえる。

私は料理を作るのが好き。大好き。

以前、毎日の献立の記録を書いて一年間続けたけれど、なんだか意味がない気がして棄てた。

昨日のテレビ番組を観た日がスタートだった。写真は主人に撮ってもらう。テーブルに並べるのは私。私の作品が並ぶ。二人の合作になってさらに大切なものになる。献立表も書いて。

毎日の数種類の料理が楽しい思い出として記録されてゆく。長く続けたいものだ。

もっと年を重ねて思うように動けなくなったとき、この記録があれば「ホラ！　こんなにも家族のため、自分のため働いていたじゃないか。もう、ゆっくりしたらいいよって神様がおっしゃっているよ」と思えばいいのだ。

そのための記録でもあるのだ。

以前、戸澤先生が私に「七十代は黄金の年よ」と言ってくれた。

その通りだと思う。好きなように動けて、やりたいことを続けて毎日のように達成感が味わえ喜びがある。
それは家族がいるから。家族の笑顔を見ることができるから。
黄金の年に恥じないよう年を重ねていこう。私、幸せな人生歩いているね。
（平成二十八年十一月二十四日）

孫という名の天使

天使とヤーヤ

八月四日、赤ちゃんが生まれた。そして十日、病院からわが家に帰ってきた。

八月十日は私にとっても意味のある特別な日だった。

ずっと働いてきた。三十年以上働いてきた。この日は十五年以上勤めてきた会社を退職して明日からは自由の身になる記念すべき日だった。二度と働くことはない。全く違う人生を歩くことにしていた。

赤ちゃんの予定日は九月だった。会社を辞めても二十日ぐらいは自分のために使える。時間に追われなくてもいいんだ。心密かにワクワクしていた。

それが赤ちゃんのやってくる日が私の退職日と一緒になるなんて、夢にも思わなかった。

最後の仕事を終えて家に帰ると、天使が眠っていた。小さな小さな天使が予定日よりも一ヶ月も早く会いに来てくれた。みんなこの天使に夢中だった。私には誰もご苦労さんの言葉はなかった。好きで働いていたけれど少し淋しい気持ちになった。みんな小さな天使のとりこになり、もちろん私もその一人だったけれど。私以外の人だったら私が先頭に立って心ばかりの慰労の会を作って祝ったと思う。ふてくされて沈んでいる心。なんとか理性という重しでモヤモヤを抑えていた。この日だけ私はいやな奴になっていた。

そんな気持ちも一日だけだった。

偶然とはいえ同じ日に天使がやってきたことは私にとって何ものにも代えがたい宝物、それが褒美として届けられたのだ。その宝物が天使だったのだ。これは偶然ではなく神様が決めていた必然だったと思う。

天使に無限の愛を注ぐ理解者の一人としておばあちゃんではなく、ヤーヤとして私も生まれ変わった。これからはアナタは私のことヤーヤと呼んで下さい。アナタに負けないくらい素敵なヤーヤになります。

（平成十八年八月十五日）

大きな大きな誕生日プレゼント

昨日のことだった。ウォーキングに出かける用意をしていたら電話が鳴った。ほーちゃんからだった。

「いま、ヒマ？」

孫からのお誘い。すぐ「ヒマよお」と言ってしまう。可愛い孫からだもの、仕方がないよね。

「ゲームせえへん？」

「教えてくれる？」

ウォーキングはやめて、ほーちゃんの家に向かう。

電話のとき、ちょっぴり心の奥で思っていた。今日は私の誕生日。もしかして、オメデトウの大合唱があるかも……。そんな期待を胸に出かけていった。

でも、期待ははずれた。ほーちゃんと弟のこうきちゃんのお守りをした。

風船がパチンと割れたような気分。帰り道、思い直してスーパーに寄って、私の好きなにぎり寿司を奮発した。

家に向かう途中、向こうのほうから主人が自転車でやってきた。よく本屋さんに出かけるので、これから行くのかなと思い、何も聞かずに別れた。

少しして主人が帰ってきて、白い紙箱を私の前に差し出して、「お誕生日おめでとう」と笑って言った。

それは上等のケーキ屋さんのケーキ。わざわざ買ってきてくれたのだ。紙箱の中には四個入っていた。でも、我が家は三人家族。私に「二つ食べよ」とやさしい言葉。よかった。世界中でひとり。ひとりでいい。私のそばに一番やさしい人がいた。温かい心を配達してくれる人がいる。私は自分の幸せに酔ってしまった。

それから一日たった今日、気がついた。

三歳のほーちゃんからお誘いの電話があって、七ヶ月のこうきちゃんのお守りすることができた。これも、大きな大きなプレゼントをもらっていたのだと。

（平成二十四年二月二十六日）

写真の中の幸せ

私は孫たちが来るとデジカメで写真を撮っている。この幼い子どもたちの姿は今しかない。この笑い顔が、この泣いている顔が、このはしゃいでいる姿が今しかないと思うと、どれもこれも大切なものに思えるから。

整理した写真を数えてみると、二千枚以上になっていた。

孫たちが幼いときほど、我が家にやってくる回数は多かった。毎日のように子守りをさせてもらって、忙しいけれど楽しい日々を送っていた。

でも、いつしかその回数も減ってきた。覚悟はしているけれど、まだまだママの親

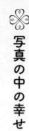

孝行は続いていて、こうちゃんのお守りを頼まれると元気がもらえる。

近くで成長が見られるという幸せ。主人が元気でいてくれるから、幼い子どもと過ごせる時間がある。

でも、写真を見ていて、私が写っているものが極端に少ないことに気づいた。写す人がいつも私だから仕方がないか。そう思いながらも、いつも孫のそばに笑って写っている主人のことを、少し羨ましく思っている自分がいる。いつも孫と遊んでくれているのだから当たり前の風景だけれど……。貧しい心の私。

あるとき、「元気が出る言葉ノート」の中に、私のこの心情をプラスに変える言葉を見つけた。

『写真は撮られる人だけじゃない。撮る人がいないと写真はできない。シャッターを押す指に指を重ねて一緒に押してくれるものがある。それは幸福という』

これからもいっぱい写真を撮ろう。ヤーヤの愛がいっぱい入ってる写真を、ジイジの笑顔と一緒に。


（平成二十四年三月五日）

ひとりでは大きくなれない

私は孫を預かった日はいつも孫の記録を書いている。それは日記というものだろうか。

幸せなことに毎日のように孫を預かっている。ただ、預かるだけだったら楽しくないだろう。

成長の記録なのでしんどくない。赤ちゃんのときから書いている。もうお姉ちゃんは幼稚園に行くようになっている。

何時に来て、なにを食べた、こんなことができるようになった。そんなことが身近で知ることができる。

私にとってはそれは大きな喜びだった。

私には守っていることがある。どんなときも親より前に出ないことだった。

いろんな子育てがある。私は娘の子育てに合わせている。だから一度もトラブルがない。

書き続けている記録には、私にしか直面しなかった、すごい一コマを書き残している。

今から、三年ぐらい前だろうか。

幼い子どもを育てているお母さんに手づくりの絵本を見せた。

その絵本は、私の息子が幼かったころの私とのおはなしの中から作られていた。震災で被害に遭ってすべてを失っていたのに、不思議に偶然にもこの絵本は伊丹の妹のところに残っていた。

私のかけがえのない宝物である。

「誰のためにしているのですか」とお母さんが言った。

誰のためでもない。私のためだった。

こうして、書いている孫たちのこと。これも私のためだろう。

孫も大きくなって、だんだん我が家に来ることも少なくなるはず。でも孫にとっても楽しいことばかりではない。

いつか、世の中に不平不満を持ったとき、私の書いているもののページを開いてほしい。自分一人で大きくなったのではない。生まれてからずっと、こんなにも両親やまわりの人たちに愛され、世話をかけて大きくしてもらっていることに気がつければいい。だから、自分の命は大切にしなくてはならない。自分の命をいとおしく思ってくれればいい。

命ほど大切なものはないのだから。

シルバーグレーの自信

（平成二十四年八月十日）

もう三年ぐらい前になるだろうか。六十代後半になった頃に決めたことがあった。もう髪を染めるのをやめよう、と。

私の一番の友達でもある、孫のほーちゃんに最初にそれを伝えた。

ほーちゃんと向かい合わせに座って言った。

「ヤーヤね、もう髪を黒くするのやめようと思うの。これからは自然のままに生きたいの。白い髪になってもいいかな？」

四歳のほーちゃんには少しむずかしかったかもわからない。ほーちゃんが泣いている。しばらく沈黙が続いた。それからほーちゃんが、「ええよ」と言ってくれた。

ほーちゃんの言葉を聞いて、自然体のヤーヤがスタートした。

あれから三年あまり。髪はみごとにシルバーグレーになった。いろいろな気苦労がなくなった。染めてから一ヶ月後ぐらいの「そろそろ染めなくては」という思いをしなくてすむ。

美容院に行くと、なぜか必ず「髪、染めてますか？」と聞かれていた。染め方が下手くそだからかな……と気をまわした。毛染剤も毎月のように買わなくてはならなかった。

それを卒業することができた。その分、外出するときはおしゃれをしようと思った。イヤリングもつける。そのほかのアクセサリーも身につける。新しく買ったものはないけれど、勤めていた頃のものを少なからず持っている。明るいきれいなものを身につけるようにしよう。

シルバーグレーの髪を持つ私。なんだか自信が出てきた。


（平成二十六年七月十五日）

きいて　きいてヤーヤ

夕方、ウォーキングに出かける。川井公園に寄ってみよう。もしかしたら、ほーちゃんに会えるかも。以前公園で会えたから。

公園を何回も見まわしてみる。川井公園はとても広い。たくさんの人が遊んでいる。何回も見まわすが、それらしき子どもを見つけることができなかった。

ベンチに座っている二人のお母さん、私、不審者に思われていないかしら？　でも、愛する孫を見つけたよろこびを再度味わいたくて、立ち止まって見まわしていた。

あきらめて二号線に向かう。

先日、我が家に来て二人っ切りになったとき、「ヤーヤきいて、きいて」と言って友達関係の悩みを話してくれた。

学校で友達と遊びたいのに、「その子たちから、のけものにされている」と。いじめに関しては幼稚園のときも聞いたことがある。

ママが泣きながら話してくれたことがある。今も、遭っているのか。

いじめられる人にも原因があるのかな。ヤーヤはいじめる人にならなくてよかったと思うこともあるが、本人にしたら悲しくて切なくて辛いことだろう。

人が持っていないものがほーちゃんにはある。それは物ではない。ほーちゃん自身に神様から与えられたものがたくさんある。そのねたみが〝いじめ〟になってしまうのだろうか。

ほーちゃんにとって不得手なものもある。それを人一倍、努力して克服する強さがある。

ジイジが「なにもかも恵まれているよりひとつぐらい人にあげられるものがあってよかったやん」と不得手なものがあることを知ったとき、言っていた。

いつも、活発で明るいところが目立つのかな。

まだ二年生だというのに大人が味わうような苦労をしている。不慣で話を聞きながら涙が出そうになった。

「きいて、きいて」と言って話してくれたことが救われる。

ほーちゃんに言った。

「ほーちゃんを大切に思っている人、いっぱいいるね。でも、学校のお友達と仲良くしたいよね。ほーちゃんが正しい生き方をしてやさしい心で接していたら、絶対にお友達ができるよ。ヤーヤに話してくれてありがとう。とってもうれしかったよ」

夜、従兄弟の英《えー》ちゃんが来たとき、孫のほの花のことを聞いてもらった。

私と従兄弟の英ちゃんは学年が同じである。

ほの花のことを話したことにより、英ちゃんが小学五年生のとき、いじめに遭っていたことを知った。六十年振りの告白だった。

みんな言葉に出さなくてもさまざまな人生を歩いているのか。えらいなあ。

それにより大きく成長している。

人一倍、心のひろい英ちゃん、尊敬するよ。


（平成二十六年九月五日）

ほーちゃんのあみもの

朝、主人と話をした。

ほーちゃんが数日前からあみものを始めたことを。

数日前電話があった。「ヤーヤ、ゆびあみできる？」

私にはその編み方はできない。

早速本屋に寄り、ゆびあみの本を買った。写真のとおりやってみたが編めなかった。ほーちゃんに「ヤーヤが知ってる編み方しかできないよ」と伝えた。ほーちゃんはあきらめなかった。「教えて」と言う。

ほーちゃんがヤーヤが長い間開けられなかった心の引き出しに、鍵を差し込んでくれた。

久しぶりにいろんな毛糸が収まっている整理箱から何色の毛糸にしようかと楽しい色えらびを始めた。

ほーちゃんが初めて取り組む編みもの。明るい色にしよう。箱の中から「私はどう？」みんな使ってほしくて声をかけているように思えた。うすいピンクに決めた。

棒で編むので二本用意した。

長い間のブランクも昔やっていたことは少しも忘れていない。

ほーちゃんが遊びに来るたび、編みものが始まる。「ヤーヤあみものするわ」という言葉でいそいそと紙袋に一式入っているものを私が差し出す。いつも他にも遊びたいことがあるので一段しか編まない。それでも必ず続けているから覚えている。

目が不ぞろいで穴が開いているところもある。それでよい。

世界でひとつの編みものが続いている。なかなか進まないけれど、そのほうが私の楽しみは続く。

ほーちゃんが長い編み棒を動かせて少しずつ編んでいる姿が好きだ。

小学二年生の女の子が遠い昔、私が母に教えてもらっていたように私と同じ姿で編みものをしているのが尊い。

（平成二十六年十一月二十三日）

うれしいこと

五歳になった孫のこうちゃんが電話で「ジイジとヤーヤ、うれしいことあるねん」と言った。なんのことか分からないがきっとこうちゃんが体験したうれしいことかと想像しながら来てくれるのを待った。

本を持ってやって来た。

ママの自転車に乗って。着いたときからこうちゃん、うれしそう。

それは図書館で借りた本だった。

私たちに読んでくれるため本を持ってきたのだった。

うれしいことはこうちゃんでなく、ジイジとヤーヤのことだった。

こうちゃんの隣に私が座ってジイジは食卓テーブルの椅子に座った。

ソファにこうちゃんと並んで座っている私はうれしくて、うれしくてこうちゃんが読んでくれるのを待った。

『ほんはまっています。のぞんでいます』という題だった。

とても上手に読んでくれる。大きな喜びが瞬間で消えてしまうのはもったいない。

大きな大きなプレゼント。録音した。

ジイジは「たいしたもんや」と何回も言った。私は「すごいなあ、すごいなあ」を連呼していた。

五歳の孫からの読み聞かせ。

楽しかった。いっぱい笑った。こんな幸せを、喜びを受けている。

娘が二人の孫を時々、我が家に連れてきてくれるからその喜びがある。

かけがえのない宝物。

録音してよかった。散歩のたび聴いている。一生懸命私たちに聞かせるため読んでくれている声がいとおしい。私の笑い声が入っている。ジイジの声が入っている。ママの声もあった。

この録音は私の宝物になった。

（平成二十八年四月四日）

くま、いっぱいありがとう

生きていた

平成七年一月十七日午前五時四十六分。大きな揺れが家を襲う。その瞬間飛び起きた。

お父さんはウオーと言いながら。「事故か。高速から車が落ちてきたのか」と言いながら飛び起きた。

大きな地震が神戸の街を直撃したのだった。

家は建てて四年。新しい家のおかげで家族全員の命が助かった。

お兄ちゃんは前日、千葉に転勤していた。

お父さんがくまを見るため玄関の戸を開けようとした。

犬小屋は庭にあった。その小屋を、隣の家が我が家の塀を押し倒してのみ込んでいた。瓦礫が玄関のところまで流れてきて戸が開けられない。

勝手口から外に出た。

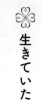

くまのことを気にしながら、おばあちゃん、お母さん、お姉ちゃんは近くの広場に避難した。

お父さんは何回もくまを捜しに庭をのぞいた。何回も名前を呼んだ。

地震の直後から東の郵便局のほうから火が出ていた。まさか、我が家までは火は来ることはないだろうと安心していた。

ひょっこりくまが瓦礫の中から顔を出したと、学校に避難していたところにお父さんが連れてきた。

予想に反して我が家は全焼した。

くまをお父さんが諦めることなく何回も捜してくれてよかった。そうでないと、くまは生きていながら死ぬところだった。

知人の犬は助けられなくて生きたまま死んだという。

お父さんが諦めないで「くま、くま」と呼んだらひょっこり出てきたという。

くまにとってあまりの恐ろしさに声も出なかったのだろうか。

（平成七年一月十七日）

くまが行方不明に

本山南中学校の校庭に避難する。さんぽに連れていくため、くまの小屋を見る。くまがいない。くさりを誰かがはずしたみたい。震災後私達は本山南中学校の教室で三家族と暮らしていたが、くまは運動場の片隅に簡単な犬小屋を作ってつないでいた。昨日（五月二十四日）からいない。二十五日、くま帰らず。お父さんがあっちこっち捜す。誰か体育館の人がいやがらせで、くまを離したという。二十六日、くま帰らず。仮設六甲アイランド当たる。くま、もう本山南中学校とはお別れだよ。早く帰っておいで。三十一日、くま見つかる。土曜日から預かっていた人から連絡があった。六月一日、お礼にビールを持ってお父さんとお母さんが迎えに行く。九日ぶりにくまが帰ってきた。

（平成七年五月二十四日〜六月一日）

くまの儀式

さあ、くまちゃん、さんぽに行くよ。

家のドアを開けたときから察知しているくまは、犬小屋の中でごとごと音をさせている。

うれしくて、うれしくて小屋の中でぐるぐる回っているのです。

お母さんが小屋のところにやって来ました。今度は犬小屋から出てきて回っています。お母さんの前に来るとジャンプして回っている。

何回も何回もぐるぐる回っているので、お母さんが数えてみました。

五十回でした。

儀式が終わって、さあ、大好きなおさんぽに出発。


（平成八年一月二十二日）

くま、よかったね

朝の六時頃、くまが鳴いています。

さんぽに連れていってと鳴いています。

お母さんは眠いから知らんふりして眠っています。

あれえ。ずっと鳴いていた声が聞こえません。きっとお姉ちゃんが連れていってくれたのでしょう。

「よかったね」

これは、お母さんとくまの気持ちです。

（平成十四年四月十日）

くまの入院

この前の土曜日、くまがよく鳴く。その鳴き声はワンとかキャンではない。まるでいじめられているような悲痛な声だった。

この鳴き方になってから二ヶ月くらいになる。

ちょっと近所にも気がねしていた。一日中続いている鳴き声だったから。

そんな折のこと。

近所のスーパーのニシジンの奥さんが庭のほうでおばあちゃんと立ち話をしていた。

奥さんが犬のことで体験したことを話している。

娘さんのところではシェパードを飼っていた。老犬になっていて、ちょうどいまのくまのように奇声を発していた。それを聞いた裏に住んでいる人がいじめていると保健所に通報したそうだ。

おばあちゃんからその話を聞いてすぐ時計を見た。もうすぐ八時になる。すぐパコ（動物病院）に電話した。

小さいときから診てもらっていた犬猫病院でとてもやさしい先生がいてくれる。月曜日だった。

連絡していたので先生が待っていてくれた。検査のため二日間、入院することになった。

退院の日、お母さんはお仕事から帰ってすぐ迎えに行った。

先生のお話。

不安で鳴くという。目が両方見えない。左の耳が悪くなっている。いろいろ悪くなっていることを話してくれて、最後に、「内臓は大変よろしい」と言ってくれた。

今年の春だった。

夕方、国道43号線の側道をさんぽしていてくまを見たら、首を右のほうにかたむけて歩いていた。このときもびっくりして、くまを抱いてパコにかけこんだ。そのとき、耳から来ていると言われ、耳の洗浄の液をもらった。

それ以来ずっと顔が右にかたむいていた。

外で生活していたくまを玄関の三和土《たたき》のところに夜だけ入れることにした。不安が少し解消されたのか、朝まであの恐怖の声がなかった。

久しぶりに家族みんな穏やかな夜を送ることができた。

（平成十四年十月二日）

お母さんの誤解

十二月の中頃、くまをさんぽさせていた。

夜の十時頃、今日一日の最後のおしっことウンチをさせるため外に連れてゆく。犬小屋で寝ているくまを起こす。ぐっすり寝ているのかな。トントンと体をさわっても起きない。無理やり起こした。

胴輪をつける。

丸くおなかをかかえるようにして寝ていたくまは、まだ眠りの中にいるように朦朧《もうろう》としているようだ。

お母さんがキュッキュッとひもをひっぱりやっと半分身体を起こした。気だるそうに小屋から出てきた。

このようなことを、いつも繰り返している。さんぽ大好きなくまも寝ているときは迷惑そう。

おしっことウンチをさせてから玄関のところで朝まで眠る。

このような形態になるまではそれはそれは大変な日を送った。時間に関係なく奇妙な声を発する。

お父さんはお仕事が変則的で夜いない日が多い。

おばあちゃんにさんぽは頼めない。お兄ちゃんも仕事が忙しい。

くまのさんぽは、お姉ちゃんとお母さんになる。さんぽは夜中になるときもある。さんぽに連れてゆくと少しおとなしくしている。

去年の八月頃からの異様な鳴き方の繰り返しは昼、夜おかまいなしだった。

お姉ちゃんもお母さんも仕事を持っている。それでもくまの世話は二人にかかっている。留守の間はおばあちゃんが見てくれている。

くまは不安のかたまりになっている。耳も目も悪くワンという声も出なくなった。

お母さんが国道43号線の側道をさんぽする。

ゆっくりゆっくり歩いて西に向かう。くまが歩いている五十メートル先でラブラドール・レトリバーを二ひき連れた男の人と女の人の姿を見る。犬もその人たちもずっと向こうで立ち止まって見ている。それはくまのほうに近づきたくないと思えた。次に見たときもくまを見つけてすぐ姿が消えた。

道を変えてさんぽしているようだ。すごく気分を害した。

みんな年をとるんだ。貴方たちの犬も、くまのようにいつかなるんだよ。あんな大型犬は老犬になったらもっと大変だよ。

お母さんは憤っていた。

「くまは、私たちのかわいい犬やねんから、私らがかわいがってやればいいやないの」とお母さんが憤っている気持ちをお姉ちゃんに伝えたら言ってくれた。

数日してお父さんに話した。

意外な言葉が返ってきた。「レトリバーを連れた人たちは、うちの犬が年寄りなんでじっと待ってくれているねん。くまが怖がらないように」と話してくれた。

それを聞いたお母さんは心やさしい人を知ることができて、今まで抱いていたもろもろの思いと全くちがっていたことが分かって、教えてもらって本当によかった。

数日後、その方のお宅の前で会ったのでやさしい心づかいを感謝してお礼を言った。

一月一日、夕方のさんぽのときも別の人がミニチュア・ダックスフンドを二ひきだっこして、くまの通り過ぎるのを待ってくれた。

みんなくまにやさしい。

くまは幸せものだ。


（平成十五年一月三日）

大好きなお父さん

くまにとって大好きな人はお父さん。

お父さんは恋人であり、親友であるかもしれない。

お父さんは朝、会社に出て夜帰ってくる仕事ではない。いろんな時間に帰ってくる。そのお父さんが帰ってくるのを誰よりも早く察知して犬小屋の中でごそごそ動きだす。そのごそごそはくまの特技のぐるぐる回り。

くまはうれしいとき、全身で喜びを表してくれる。それがぐるぐる回りである。

くまを見ているとまだ姿の見えないお父さんが分かるらしい。だんだん激しく回りだしてもつながれている紐に足をひっかけたりしない。ぴょんと跳んで本能で気をつけている。それから、お父さんを迎える喜びの奇声を発している。

幸運なことにくまのこのような奇行に近所から文句を言われたことがない。

お父さんもお母さんも、ありがたいことといつも感謝していた。

お父さんが帰ってきた。着替えのために二階にいた。くまは、まだかな、まだかなと二階を見上げて待っている。やっと、くまのところに来たお父さん。

歓喜の声を上げている。ずっと待っていたよ。そう言っているみたい。小屋の前でお父さんが座ってくまとお話ししている。

ウォーウォーと、まるでお父さんのお話に返事しているかのように声を出していた。お父さんとのお話は奇声ではない。それは、お母さんや、お兄ちゃんやお姉ちゃんやおばあちゃんには絶対見せない姿だった。

誰もじゃますることができない、世界一大好きなお父さんだったから。


（平成十五年二月二日）

ダンディが遊ぼって

今日、最後のさんぽに出かける。時計は十時になっていた。

中田さんの玄関のあたりで決まっておしっこする。男の子なのに女の子みたいに腰をおとしてしゃがんでする。お母さんはさんぽから帰ってくるとくまを家に入れてからおしっこのところに水をかけている。それはさんぽが終わってからの日課。

東のほうの郵便局のところまでゆっくり連れてゆく。家に戻ろうとしたとき、ゴールデン・レトリバーを連れた人に会った。前にこの犬の名前はダンディと聞いていた。ダンディがくまのところに寄ってくる。ダンディはいつもひもがないので自由に好きなところに行ける。一緒に遊ぼって。

奥さんが「ダンディ、かわいそうなことせんときよ」と老犬のくまをいたわる言葉をかけてくれた。くまはマイペースでゆっくり歩いている。

（平成十五年二月五日）

くまを三人で

くまは去年の十月より玄関の三和土に入れて、夜から朝の六時三十分頃まで過ごしている。

お父さんが帰らない日は、女三人がそれぞれの役割分担を決めてチームワークをとっている。お兄ちゃんは仕事が忙しいので助けてもらえるときだけ声をかける。

夜のさんぽを二回お母さんが受け持っている。

お母さんが会社から帰ってきてすぐ、くまのおさんぽ。夜十時頃から十一時の間に最後のおさんぽ。おしっこと、ウンチをさせる。

お姉ちゃんは朝の五時頃、外に連れだして、さんぽをさせる。みんなが出かけたあと、おばあちゃんは長い一日くまのめんどうを見てくれる。

おばあちゃんは最初のさんぽに連れだしている五時頃に、くまが帰ってきたら気持ちよいように寝ていたところをきれいにする。

三和土に敷いていた段ボールをきれいなものに替えたり、座布団ぐらいの大きさに切っている毛布を敷いてくまが気持ちよく寝られるように整えている。

くまを快適にさせるためにみんなが協力している。

女三人のチームワーク。

それでも、やっぱりくまは首を絞められているような声でさけんでいる。

年をとるとはこういうことだよと教えてくれている。

(平成十五年二月八日)

くまのウンチやわらかい

十時すぎ、今日最後のさんぽです。

お母さんはくまを起こして庭に行きました。犬小屋の近くになにか黒いかたまりがあります。月明かりではそれが何か分かりません。木の葉っぱに見えました。

それを踏んでしまいました。グチャッ、何かいやな感じです。いやなはずです。それはくまのウンチだったのです。いつもはコロッとしたウンチなのに、あ〜あ、今日のウンチはやわらかい。サンダルについたウンチと土の上に残っているウンチを、手につかないように気をつけながら、いつもおばあちゃんがウンチの掃除用に置いてくれている新聞紙を取りだして片付けた。

新聞紙の間からウンチがのぞいている。お母さんの手についてしまいました。

不思議なことに気がつきました。

少しもきたないと思わないのです。赤ちゃんのウンチをさわったのと同じ思いなのです。

介護をするということはこのような気持ちになれるのかとくまに教えてもらいました。

「さあ、くまちゃん、さんぽに出かけようね」


（平成十五年二月十八日）

お礼にウンチとおしっこ

お父さんが家にいるときは、よく鳴いている。上のほうを向いて鳴いている。二階にいるのが分かるのかな。お父さんに聞こえるように大きな声で鳴いている。上を向いてお父さんをさがしている。

やっとお父さんがさんぽに連れてゆく。まだ六時だったけれど三和土に入れた。

お母さんが晩ごはんの用意をしている。また鳴きだしたのでお父さんがもう一度さんぽに連れてゆく。

くまはさんぽが大好き。歩くのにも自分の思うようには歩けないけれど、帰ってくるといつもおとなしくしてくれる。

十時三十分頃、お母さんがくまを見に行く。気持ちよさそうに寝ていた。安心したお母さんは、さんぽより先に、お風呂に入ることにした。お風呂から出て服を着ていると玄関のほうからゴソゴソとくまの動いている音がする。あわててくまのところに行くと、敷いている段ボールのないところでおしっこがたまっていた。

いろんなところに寝るので、寒くないように痛くないように三和土の全体に段ボールを敷いているが、小さなすきまにおしっこのあとがあった。「あーあ、おしっこ出てしまったね」くまをなでて、無理にでも起こして連れていけばよかったと思いながら、玄関を片付けてゆく。くまは、まるで悪いことしたみたいにおしっこでぬれている足を少し上にあげたりしながらドアに頭を向けてじっとしている。

しょんぼり、うなだれているように見えた。その姿はお母さんにとって初めて見る姿。「くま」と名前を呼びながら頭をなでてやる。

遅いけれど、さんぽに連れてゆく。くまはしっぽを振りながら歩いている。

お礼にウンチとおしっこをした。

（平成十五年四月二十九日）

昼と夜の生活が反対に

日付が変わって二十一日の午前二時頃、下から鳴く声が聞こえる。首を絞められているような鳴き声で目が覚めたというほうが正しい。

お父さんがくまのそばに行った。くまを連れて少し歩いてきたようで、おとなしくなったくまに安心してお父さんは寝ています。

また下から大きな声が聞こえる。みんな仕事を持っているので何回も起きることは、とてもつらい。お父さんが「ほっとき」と言ったけど、根負けしたお母さんが下りていった。

くまは何かをさがしているように首を左右に振りながらまわりを見ている。目は見えない。耳も聞こえない。一体、何をさがしているのか。

お母さんがやさしく体をさわったり顔をさわってやったりするとおとなしい。

十五歳のくまは赤ちゃんになっていく。

本で調べてみた。

認知症の症状があらわれて夜と昼の区別がつかないという。犬自身はそれが分からないのだから、ただただ愛情を注いでやることだけと書かれていた。

一時間ごとに鳴くくま。みんなで守ってあげよう。

（平成十五年五月二十四日）

ウンチふんだよ

明け方の三時台と五時台、二階まで聞こえるくらい大きな声で鳴いている。「くまが鳴いているよ」お父さんにお母さんが声をかけている。寝ていたお父さんが何事かと下りていった。すぐ二階に上がってきた、お父さん。お母さんが眠い目をこすりながら「どうしたの」と聞いた。お父さんはパジャマの上着だけ。パンツ姿で上がってきた。

「気がつかんでウンチふんでしまった。ズボンにも付いてしまった」と笑いながら言った。

服を着がえてからさんぽに連れていきました。

（平成十五年六月八日）

声が出るようになる

六月頃に声が出なくなったくまは、八月の中頃より少しずつ声が出るようになった。

くまはくるくる回るのが好き。元気なとき数えたことがある。五十回も回っていた。

犬小屋から出てきたら首輪にひもがついている。すぐ回りはじめたくまは決してひもに足をひっかけたりしない。ところが庭に誰もいないあるとき、そのひもが足に何重にもからみつき動けなくなっていた。思い切り声を上げて「タスケテエ」と呼んでいるのだろう。おばあちゃん、お父さん、お母さん、お兄ちゃん、お姉ちゃん。誰かがくまのところに飛んでいきます。

声が出るようになると何回も大きな声を上げている。一時間おきに鳴く。お父さんがそのたびに見に行っている。夜中も鳴く。明け方も鳴く。そんなときは玄関の三和土に入れてやると安心する。やっと寝てくれた。

（平成十五年九月四日）

やっと食べたよ

会社から帰ってきたお母さんにおばあちゃんが話している。「ごはんを食べるとき、後ろ足のふんばりができなくて何回も器の中に頭をつっこんでしまった」と。「こんな繰り返しに会社に電話しようかと思っていた」と話した。後ろ足が弱くなって両足が開いてしまうので安定感がなくなって転《こ》けてしまう。

これはくまにとっても家族にとっても大変なことの始まりだろうか。

もう、さんぽも無理のようである。なんにも食べない。お父さんが少しでも食べてくれればと口に持ってゆくが食べない。いろいろ工夫して少しでも食べて欲しいので考えてみる。

牛乳の中にパンを少し浸してみたりしても駄目だった。次の日には、ちくわを小さくちぎって牛乳の中に入れてみた。食べた。食べた。ほんの少しだったが食べた。次の日はチーズ入りのソーセージを小さくして口に持っていった。食べた。食べてくれた。

なんでもいい。食べて元気を出して欲しい。

（平成十五年九月八日）

弱っていても

九月八日、少しだけ食べものを口に入れてくれてみんなで喜んだのに、また月曜日ぐらいからだんだん食べなくなった。

急激に衰えてゆくくま。

夏の暑さに参ってしまったのだろうか。水も飲まなくなってきた。死んだように横たわっている。

くまはきれい好き。だから、だっこして外に連れてゆきおしっこをさせる。そっと土の上に下ろし、おしりを両手で持って支えてあげると気持ちよさそうに用を足している。

寝ているくまを見て、お母さんはウォーキングに出かける。まわりの気配を察したのかピクッとくまの耳が動く。起き上がろうとする。ひとりでは起き上がることも大変なのにまだ自分で起きようとする。すごいなあとお母さんは思いながら「おさんぽとちがうよ」と声をかける。

くまはもうだっこの世界。赤ちゃんになってしまったけれどとてもかわいい。

体がどんなに弱ってもだっこして外に連れてゆき、用を足すのがとてもいいとおしい。

（平成十五年九月十二日）

くまが元気に

あんなに弱っていたくまが十月に入ってから元気になってきた。

先日まで死んでしまうのではないかとみんなで心配していたあの姿はどこに行ってしまったのだろうか。

声が出る。朝の四時頃から鳴きだした。お父さんが下に下りてゆく。さんぽに行ってからお父さんはもう一度寝ます。一時間ぐらいしたら下から大きな鳴き声。

ごはんのさいそくだった。

お父さんが出勤の前にくまのごはんを用意している。

くまが弱っているときよりこの生活のほうがいいかなと、みんなくまを中心に忙しく動いていた。


（平成十五年十月二日）

ふるえているくま

どんなに体が衰えてこようとウンチとおしっこは大きな声で呼ぶ。三和土にしてしまったときは早く来てと呼んでいる。一生懸命立とうとしながら。ほとんどは外に連れだしてするから外部の人が来たときも少しもにおいがしませんねとうれしい言葉をもらっている。

くまをだっこして外に出てからそっと土の上に下ろす。庭でしても道でしても「かしこいねえ。えらいねえ」と言うと、とてもいい顔をしている。分かるのかなあ。くまはだっこされているとき、絶対におもらしをしないのが不思議。下に下ろして支えてやるとすぐしているから。やっぱりえらい。

ワンという声は出なくなったけれど、くま独特の声で合図を送る。

夜、十一時三十分頃、玄関のほうからごそごそと音が聞こえる。先ほどまで寝ていたのに起きたのかな。家事をしていたお母さんがいつもとちがうと察知した。

そこにすごい恰好のくまの姿があった。さかさまに高いところから落ちたみたいに頭が下で前足、後ろ足が上を向いて空をきるようにもがいていた。

こんなときこそ大きなあの声で呼べばいいのに、よほどの驚きで声が出なかったようだ。まっくらな世界にいるくまにとって、どんなに怖かったか。

お母さんが気がついてよかった。くまをだいて「よしよし」と赤ちゃんをあやすようにだきしめた。くまの体がふるえているのがお母さんには分かった。

後日、本屋さんで犬の本を読んでみた。

老犬になると少し認知症の傾向が現れて、せまいところにぐんぐん顔を押しつけてその中に入ろうとすると書かれていた。

本を読んでから玄関を改善することにした。すみっこを作らないように大きなカサ立てを置いたり下駄箱の下の空間に入り込まないように工夫したり。

おばあちゃんと二人で改善した。


（平成十五年十一月十二日）

くま、愛しているよ

おばあちゃんが親せきのお見舞いに出かけるので一時間ぐらい家を留守にする。

くまを見る者がいない。おばあちゃんはくまがおしっこやウンチでどんなに汚れているかと覚悟して帰ってきたら、何もしていなくてとてもきれいだった。

お母さんに話している。うれしそうに話している。

「おとなしく待っていてくれたくまがほんまにかわいかったよ。帰ってすぐ門の外に出してやるとすぐおしっこしたよ。ほめてやったんよ」

おばあちゃんはくまがやって来るまでは、猫の大好きな人で、犬ではなくずっと猫を飼っていた。

平成元年に一緒に暮らすようになったときは猫のミーコもいた。くまはおとなしい犬だったのでいつもひっかかれていた。それでも少ししたらお互いのテリトリーでごろっと横になって一緒に日なたぼっこしていた。

くまとミーコが一緒にいたのはほんの少しだった。ミーコはエイズになって死んでしまったから。

ミーコがいなくなってくまと十五年、一緒に暮らしているおばあちゃん。

ミーコと同じように愛してくれている。

（平成十五年十二月二日）

くまの鳴き声、いろいろ

鳴き方にはいろいろあることが分かってきた。赤ちゃんがいろんな泣き方をして意思表示しているようにくまの鳴いている声で何を言っているか分かるようになってきた。

ワンと言えないくまは、声の調子でまわりの人にサインを送っている。思い切り大きな声はウンチ。おしっこのときは少し小さな声。くまがごそごそ動きだすとおしっこ。

だっこして庭にそっと下ろす。おばあちゃんだけは、もし転《こ》けると困るのでお母さんたちで世話をしている。

おばあちゃんがいい方法を考えた。庭に連れていかなくても玄関を出たところのタイルの上でさせる。あとで水をかける。首輪にひもをつけてドアのノブにからませる。目が見えないくまがウロウロして二段あるタイルの階段をふみはずさないように。

時々、遊んでいるので安心して部屋に戻ったおばあちゃんが用事をしていると、くまが外にいることを忘れるときがある。

外から大きな鳴き声がする。おばあちゃん中に入りたいよう、いっぱい遊んだから中に入れてちょうだい。

中に入ると自分の好きな体勢になるため動いている。手伝っても駄目。自分で決めたいから。十五分かかった。その形になるまでドアにぶつけたりして勘だけで動くのだから仕方がない。

クウクウ鳴く声は「どうして、ボクはこうなってしまったの」そう訴えているみたいだった。

体を丸くして子どものように幼い顔をして眠っていた。お母さんはしばらくくまに見入っていた。そうしたら「クックッ」と笑っているような声がした。二階のお父さんに聞いてみた。

「きっと、小さいときの夢見てるんや。四、五人のきょうだいがいて走りまわっている夢や」

お母さんは「ホンマ!!」と返事したけど、そんなはずないわと心の中で言いながら下におりていきました。

（平成十五年十二月十日）

くまをたたいてしまった

夜十一時四十五分頃から鳴きだした。二回も鳴いたので庭に連れだしておしっこさせた。だっこして三和土に入れる。

二階に上がってやっと眠ることができる。ウトウトしていたら下から大きな声がした。あわてて、くまのところに下りていった。さっきすませたはずなのに、おしっこで段ボールがぬれていた。お母さんのサンダルの片方にもかかっている。ぬれたサンダルを外に出してからくまが気持ちよく寝られるように、敷きつめている毛布、段ボールそれから一番下に敷かれている厚手のゴムを取りはらい、きれいにしてゆく。ゴムの下の新聞紙もビチャビチャだった。

いろいろ片付けているうちにだんだん腹立たしい気持ちになってきた。こみあげてくる怒りを抑えることができなかった。

お母さんは初めてくまをたたいた。一度たたくと堰を切ったように何回もたたいた。くまはあっちにグラッこっちにグラッとよろめきながら、されるままに声を出さずゆれていた。大きくゆれていた。

怒りながら部屋に戻って「死んだらええのに」と、思ったこともない言葉が出てしまった。寝ていると思っていたお父さんが「なんちゅうこと言うねん」とお母さんの言葉に対して諭した。

その通りだった。どうして、こんなに腹が立ったのか分からない。

（平成十五年十二月二十三日）

やさしいお母さんになるよ

会社で仕事をしながら考えた。どうして、どうしてと繰り返しながら。あの光景はまさしく虐待だった。昨晩のことを思い出して自責の念にかられる。

お父さんが「なんちゅうこと言うねん」と言った言葉がはっきり耳に残る。

何もできない、目も見えない、自分のつらさを伝えることができないくまに対して手を上げてしまうなんて。

帰ったら一番に謝ろう。くまに対してすまなかったという思いが万感こみあげてきた。

くまは許してくれるだろうかと心配だった。

会社から帰ってきてすぐ心をこめてくまをなでた。ごそごそ動きだしたくまは、少し鳴いて、さんぽをおねだりした。お母さんはわびる気持ちを込めていつものだっこではなくお母さんの心で包み込むようにだきしめた。くまはされるがままだかれていた。

庭に下ろすとピッとしっぽを立てておしっこした。

夜、八時五十分頃、お母さんはウォーキングに出かける。夜でも住吉川は歩いている人が何人もいるので怖くない。東側の遊歩道を北へ北へと向かう。ＪＲの坂をのぼる。富裕層の人たちが住んでいるオーキットのマンションが見える。川沿いの石垣のあたり、うすぐらいところに大きなみかんの皮のような黄色い半円のようなものが見えた。

住吉川は歩いていてもほとんどゴミを見つけることがないぐらいきれいに整備されているところなので、珍しいこともあるものと近づいていった。

犬のぬいぐるみだった。

黄色の半円をみかんの皮と思いこんでいたがぬいぐるみの帽子だった。昨年の八月から歩いているが、このようなものを見つけたのは初めてだった。ワクワクしながらポケットに入れたり手に持ったりして歩いた。

くまに「ごめんなさい」と心から謝ったからかな。

見つけてください、ひろってください、家に連れて帰ってくださいと、暗がりの中お母さんを待っていてくれたようでいとおしかった。

ウォーキングから帰っておばあちゃんの部屋に行きぬいぐるみを見せた。「きっとかわいがる人のところに寄ってくるんや」と言って、「あんたにひろってもらいたかったんや」とお母さんが考えていたことと同じようなことを言ってくれた。

このぬいぐるみを見るたび、あの日のことを思い出してねとくまが話したのだろうか。

やさしいお母さんでいてねと、くまがお願いしているようだった。

そうか、今日はクリスマス・イブだった。

くま、お母さんにプレゼントありがとう。

(後日、よく見てみると犬ではなく、くまのプーさんだった)

(平成十五年十二月二十四日)

こわかったね

くまが大きな声で鳴いている。

最近くまを玄関のポーチのところに出している。ひもを長くしてドアノブにひっかけて遊ばせている。自由に動くことができるので植木鉢のゆれる花に自分の鼻をくっつけて、まるで花の香りをかいでいるような姿を見せている。もう香りをかぐこともできない体になっているけれど。

のどかなひとときと安心して家の中にいたお母さん。

くまの声にあわてて走って外を見る。くまの姿がない。裸足で外に出る。

二段ある階段から下に落ちないように大きな板を堰を止めるように立てかけていた

けれど、その板と一緒に下に落ちていた。

どんなに怖かったことか。奥の部屋まで奇声が聞こえてきたことで察する。

おばあちゃんと二人でポーチに上げた。くまは先ほどの恐怖など忘れてしまったのか、とてもいい顔をしておばあちゃんのほうを向いていた。

（平成十六年一月七日）

おばあちゃんの子守歌

お母さんがお仕事から帰ってきたら、おばあちゃんが「今日、くまに子守歌うたってやってん」と話した。

「くまを座らせてトントンと体を軽くたたいて子守歌をうたってやると、寝んといかんと思って静かにしてたわ。猫のミーコを思い出してかわいい気持ちになったわ。少しの間そのままでいたのに、お父さんが帰ってきたら起きだして、これ以上大きな声が出ぇへんというくらい大きな声を喉から絞りだすんよ。お父さんが帰ってくるとあんなにうれしいんやね」と話してくれた。

猫の好きなおばあちゃん。むかし飼っていたミーコに「あんただけが頼りやで」と私が後ろにいたことに気づかず言っていた。でも今日くまのことをかわいく思えたと言ってくれたことがとてもうれしかった。

（平成十六年一月二十六日）

パコ動物病院の処置台でウンチ

去年の夏頃から、しっぽの付け根の右のほうにホクロのようなものができている。それがだんだん大きくなってきていた。痛がらないので病院に連れていかなかった。さんぽのときは大きな声で呼んでいる。歩かないけど行きたい。だっこして連れてゆく。十キロもあるので重い。

昨日はお父さんが夜勤だったので夜中にもお母さんが連れてゆく。おしっこしなかった。だっこして三和土におく。少しして呼んでいる。おしっこしたよと呼んでいる。

きれい好きなくまは、きれいにしてと呼んでいる。

お父さんがパコに連れていくとき、重いので二回も休んだそうだ。

きれい好きのくまがパコにて処置中よく鳴いた。そして処置台にウンチしたそうだ。

（平成十六年三月十三日）

月明かりのプレゼント

夜中十二時頃、大きな声を出している。お母さんがあわてて下りてゆく。くまを見るとおしっこをしていた。「早く、きれいにしてよ」と呼んでいるような大きな声。

奇声を出して動きまわっている。あまりの大きな声でみんなびっくりした。

お兄ちゃんも珍しく下りてきた。くまのそばに座ってなだめている。お兄ちゃんの手が上下にやさしくさすっている。

大きな声だったのにお父さんはどうしたのか下りてこない。いつもだったら一番先にかけつけるのに。

つかれているのかな。

お母さんが汚れた毛布や新聞を片付ける。敷いていたゴムも洗う。新しいきれいなものに替えて快適に寝られるように整えてゆく。

真夜中、庭の水道で毛布やゴムの敷きものを洗う。三和土ではお兄ちゃんがくまをさすっている。

静かにしているくま。落ち着いたのかな。

くま専用の干し場に干してゆく。庭の物干しの一つをくま用の干し場にしている。

以前、おばあちゃんが干しているものを見ながら、「ここに寝たきりの人がいるみたいや」と言っていた。

お月さんの明かりが美しい庭に変えている。これはなかなか見ることのないお月さんの月明かりを見せてくれたのかなと思いながらお兄ちゃんと交替する。

くまをだっこして赤ちゃんをあやすように少しゆらしている。

体を丸くしているくま。そっと三和土におろし朝まで眠ってねとお願いしてやっと二階に上がっていきました。


（平成十六年三月二十一日）

くまの一日

赤ちゃんになってゆくくまは、みんなの愛情をいっぱい受けている。

一番最初に起きて世話をするのがお父さん。朝の五時頃、鳴きだすから。

一年ぐらい前からずっと続いていた夜鳴きは少し減ってきている。

二階から下りてきて玄関の三和土の始末をする。いつも早く片づけてちょうだい、きれいにしてちょうだいと体を後ろにそり返るようにして呼んでいる。くまの汚した毛布を洗う。おばあちゃんがくま専用の干し場を作ってくれているところに干す。お湯で拭いてやる。気持ちいいのか、おとなしくしている。

ごはんを食べさせる。もう自分で食べることはできない。足が開いて踏んばることができないので顔がごはんの中に入ってしまう。

ごはんを少しずつすくってくまの口に持ってゆく。とても時間がかかる。

冬の間、くまの汚したものを庭で洗っていたお父さんは手が荒れて痛い痛いと言っていた。

出勤前、一時間ぐらいかけてくまの世話をする。

お父さんが会社に出かけたあと、お兄ちゃんが会社に行く前にくまの相手をしている。じっくりとくまをなでてから出勤する。

お母さんは会社に行く前に決まって「おばあちゃんと仲良くね」と言って頭をなでて出てゆく。

それから、おばあちゃんとくまの長い一日が始まる。

お母さんが帰ってきたら、おばあちゃんが「今日はいい子やったよ」と話してくれる。「よかったね」と言いながらなでている。

なぜかさんぽもねだらないので先に家族の食事作りをする。いつも散歩が先でとても気ぜわしい時間を過ごしているお母さん。夕食作りがゆっくりできて食事をすますこともできた。

大きな大きなプレゼントをくまからもらったみたい。

大きな鳴き声が聞こえる。やっぱり待っていたのかな。いつもより一時間遅くなったけどだっこして連れていった。

いつものようにウンチとおしっこをしたくま。「かしこかったね」とお母さんは言葉をかけました。


（平成十六年三月二十四日）

くまは赤ちゃん

今年のはじめから首輪をはずしている。さんぽのときは胴輪をすることになった。そのためか左に大きく傾いた顔がまっすぐになったように見えた。いつもダラッと地面に顔がつくようにして歩いていた。お母さんが「顔、見せてちょうだい」と顔を持ち上げる。「やっぱりかわいい顔してるやないの。やさしい顔してるよ」お母さんの声、聞こえるかな。

おしっこをすると水滴が顔にかかる。お父さんがぬれた顔や両手両足を洗ってやる。それからドライシャンプーをしている。

とてもきれいなくまちゃんになる。

くまちゃん、ただいま

おばあちゃんが西宮の満池谷にあるお墓にお参りに、お昼出かけました。数時間、家を留守にするので家の用事をすませ、くまのこともいろいろすませてから出かけました。

おしっこは絶対にすませておかないと留守になってから鳴き続けるからです。「行ってくるよ」くまに声をかけて出かけました。

くまちゃんはダイジョウブというように少し動きました。

（平成十六年三月二十七日）

おばあちゃんは用をすませて帰ってきました。どんなに三和土の周りが汚れているか覚悟してドアを開けました。

出かけるときと同じ姿で寝ていました。

すぐ外に連れだしておしっこをさせました。長い間、しんぼうしていたのかと思うと、とてもかわいい。やっぱりくまがいると思うと「ただいま、と声をかけているわ」とお母さんに話していました。

（平成十六年四月二十二日）

くまが助けてくれた

昨日の土曜日、お父さんは「明日、早出」と言っていたのにまだ寝ていた。五時すぎ、くまの鳴き声をお母さんが聞いた。そのとき「くま鳴いたか」とお父さんは言いながら下に下りていった。長いこと上がってこない。一時間ぐらいしてお父さんがあわてて上がってきた。

早出を思い出した。

朝食を食べずに出勤した。

お母さんはあのとき、くまが大きな声で奇声を発して鳴いてくれなかったらもっと寝ていたのではないかと思った。

夕方、さんぽに行きたいと鳴いている。外に連れていくと、すぐおしっこしたので「しんぼうしていたんやね」とほめてやった。

ゆっくり歩いて近くの郵便局のところまで行ってから戻ってきたら、お父さんが門扉のところに立っていた。

大好きなお父さんともう一度、少しだけさんぽの続き。

ゆっくり、ゆっくりスローモーションのように歩いている。

くまのさんぽが終わって部屋に入ってきたとき、「今日は、くまに助けられたなあ」と言った。

朝、お母さんが思っていたことと同じことをお父さんも思っていた。

（平成十六年四月二十五日）

くまの夜鳴き

夜、日付が変わった二時頃、鳴きだした。何回も鳴いている。大きな声で鳴く。これが夜鳴きというものか。三時頃、あんまり大きな声で鳴くくまに耐えられず、くまを見に行った。ドアのほうを向いてそりかえって大きな声を上げていた。

くまの頭をポンポンとたたいてみたお母さんは、もう一度繰り返してやってみると、めんくらったようにすぐ鳴き止み、おしりを軸のようにしてぐるぐる回りはじめた。自分でお母さんの助けもなく寝ころがった。お母さんは眠いのをしんぼうして、くまが寝てくれるまでそばにいた。口をクチャクチャ音をさせて動かしている。

やっとくまが寝てくれた。

お母さんは安心して二階に上がりました。

（平成十六年四月二十六日）

尻もちついたよ

日付が変わる十二時頃、最後のさんぽに出る。ウンチとおしっこをしてくれた。お父さんが朝のさんぽに連れていくとき、くまのところがとてもきれいで洗うものがなかったとうれしそうに話していた。

お父さんが朝早く出勤したあと、お母さんがおばあちゃんと「初めてやねえ。よかったねえ」と話しながら朝食を食べる。片付けものをしていたら玄関のほうから悲愴な声がした。お母さんはおばあちゃんと何事かと走っていった。

くまがウンチの上に尻もちをついていた。

あわててお母さんが起こした。体じゅうについたウンチをきれいにしてゆく。庭に連れていき、すぐバケツに湯を入れ運んだ。何回も何回も全身の汚れをきれいにしていった。

お母さんは、くまの世話をしながらいつも思っている。これはいつか来るであろう、介護というものを身をもって教えてくれているのだと。

（平成十六年四月二十八日）

しあわせな顔

お父さんがくまをだっこして国道43号線の側道に連れていくとき、中田さんの奥さんがくまを見ながら「しあわせな顔してるなあ。みんなにかわいがられているからね」と言っていたよと教えてくれた。

みんな知っているのです。家族に愛されていることを。そして介護している家族がどんなに大変かを。だから幸せなことに苦情が耳に入ってこない。ありがたいこと。

近所の人にもくまは愛されていたのです。

お父さんとお母さんがケンカしています。

お母さんは玄関の三和土に敷かれている新聞紙や毛布やゴムの敷き物など汚れているものだけを洗って欲しいのに、お父さんは全部洗ってしまいます。においがついているから洗ったほうがいいという考え。お母さんは汚れたものだけを処置して欲しいのです。おばあちゃんが、みんなが使いやすいように用意していることが分かっているからです。

小さく切った毛布、新聞を使いやすい大きさに折っていたり、段ボールも敷きやすい大きさにしておく。ゴムの敷きものもいくつか作ってくるくる丸めて、決まったところに箱を置いて立てかけておく。

それがどんどん減っていく。おばあちゃんの陰の働きがあるからスムーズにくまの世話ができる。

でも、冬の氷が張るような凍てつく夜でも、毛布を洗い、ゴムの敷き物を洗い、早朝にもそんな作業を繰り返し、くまが少しでも快適になれるように続けている。

お母さんは、お父さんもおばあちゃんも、くまを思う気持ちは同じなのでありがたいと思っている。

とうとうお父さんの手指は荒れて、切れてしまいました。痛い、痛いと言いながら続けている。

くまはおしっこするとき、顔がダラッと地面についているので、しぶきが顔にかかります。足が弱っているのでふんばりが利かない。ウンチをするとき、おしりを支えてやらないとウンチの上に座ってしまう。どんなときも誰かの介添えが要るのです。

お父さんがくまの全身を拭いてやります。みんな睡眠不足だったけれど、お父さんほど親身に世話をしている人は世界中さがしてもおりません。

お父さんのお陰で、お母さんがだっこしても、おばあちゃんが昼間子守歌を歌ってやるときも、少しもくさくありません。


（平成十六年五月三日）

くまのリハビリ

くまのリハビリが始まりました。

お父さんが考えたリハビリ。くまの後ろ足を持って伸ばしたり曲げたり。くまの顔はお父さんの膝の上。

大好きなお父さんのしてくれること。くまは大きな信頼のもと、とても素直に従っている。その姿がおかしくてお母さんが笑った。目を細めているくま。大きな安心のもと、老犬には見えないかわいい顔をしている。

近所の人が新聞紙の束を届けてくれた。家の新聞紙だけでは足りなかったので会社からもらってきたりしていたけれど、これでもうそのようなことをしなくてよい。魚崎薬局からはいつも段ボールをもらってくる。声をかけたら「なんぼでも持っていって」と言っていたとお父さんが話していた。

（平成十六年五月四日）

くまのおかげ

夕方、赤ちゃんになったくまとさんぽしているお母さん。いつものコースの国道43号線の側道を東の郵便局のほうにゆっくり歩く。三人乗りの自転車が横を通り過ぎていく。

自転車の前カゴに幼い女の子が座って、後ろの荷台には小学一、二年生ぐらいの女の子が乗っていた。お父さんだろうか大きな人が自転車を進めている。大きな背中にもたれるように、後ろの女の子は横向きに乗っていた。

くまの姿をずっと見ていた。歩き方が女の子にとって不思議だったのかな。背中を丸めて顔を地面にすりつけるようにして歩いているから。前足は内股のようになって歩いている。ずっと向こうのほうから、くまの横を通り過ぎるまでその子だけがくまを見ていた。

お母さんはその子と目が合ったとき、笑顔を送った。少し表情が変わったけれどすぐ笑顔になった。

バイバイとお母さんが手を振ったら、その子の小さな手もゆれた。

くまのおかげで小さな女の子との交信でとても幸せな気持ちにさせてもらった。

やっぱりお父さんを待っている

お母さんが二階の洗面所で身支度していると、下のほうからおばあちゃんが「クーちゃん」と言っているのが聞こえる。なにかほめられているみたい。

おばあちゃんの声はやさしく愛情たっぷりだった。

お母さんが下に下りていく。おばあちゃんが話してくれた。

「くまが鳴くので玄関に来てみたらウンチしてるんよ。それを知らせるために呼んでいたみたい。やっぱり鳴いたらすぐ、くまのところに行ってやらんとね」と言った。

夜、ウォーキングから帰ってきたら、それを察知したのか、寝ころがったまま少し頭を上げて耳をピクッと動かしている。「くまちゃん」と言うと眠ってしまった。

お父さんが帰ってきた。眠っているはずのくまが体を起こし、なんとか立ち上がろうともがいている。もう自分の力では起き上がることもできない。それでも力を振りしぼりながらもがいている。

お父さんをずっと待っていたから。お父さんとさんぽすることがくまの一番の楽しみ。

（平成十六年六月二十一日）

くまがまだ元気だった頃、さんぽの前に犬小屋の前にお父さんが座り、くまが顔を出してよく向かい合ってお話ししていたね。あれ、何をお話ししていたのかな。

くまがうれしい声を出しているのでお父さんは着替えもしないでさんぽに出ていきました。

（平成十六年七月二十九日）

育ちのよい子

お父さんに言っています。「くまが寝ているとき、本当にかわいい顔してるなあ」お母さんが言うと、お父さん「あの子はよっぽど、育ちがよかったんやろ」と言ったので、お母さんが「お父さん、育てた人はお父さんと私たちよ」と言って大笑いしました。

くま、聞こえたかな。くまと暮らしているといっぱい楽しいことがあるね。

（平成十六年八月一日）

くまのお母さん

日に日に弱ってゆく。

お母さんが会社から帰ってくると鳴いていた。以前のように、さんぽに行きたくて鳴いているのではない。

自分で起きることができないので、何回も鳴いていたとおばあちゃんが言う。後ろ足の左のほうが曲がらない。伸びたままの足で尻もちをついたような姿になって「起きたいよお」と鳴いている。

お父さんが毎日くまのリハビリに時間を作って続けている。

少しでも元気になって欲しい。少しでも長生きして欲しい。

お父さんもお母さんも、お兄ちゃんもお姉ちゃんも。それからお昼一番長い時間、くまの世話をしてくれているおばあちゃん。

くまは我が家の大切な家族だからね。

深夜、お母さんがくまをだっこしている。ゆらゆらとゆっくりゆらしている。お母さんの手を、赤ちゃんを安心させるようにトントンと後ろ足に当てている。

くまは眠っている。おだやかな顔をしてかわいい顔をして。

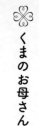

みんな寝不足

（平成十六年八月二日）

八月のはじめ頃より、くまはますます衰えてきている。左の後ろ足が曲がらなくなっていたが、とうとう両足がまひ状態になって起きあがれない。くまはまだ分からないらしく、なんとかしたくてぐるぐるおしりをつけたまま回っている。

首を絞められたように鳴く。思い通りに動くことができないつらさを声をふりしぼるように出して伝えている。

お母さんは先日の五日、パコ動物病院に電話してみた。

どのようにしてやればくまのためになるだろうか、それが知りたかった。

先生が答えてくれた。

「人間が衰えてゆくのと同じで、不安で、おしっこやウンチをするのも思い通りにできないので鳴くのです」。お母さんが「何か心安らかになる薬はないでしょうか」と言うと、「それを使うことにより認知症になることもあるからすべきではない」と言われた。

六日の日お母さんが会社に行くとき、くまは寝ていた。夕方まで寝たという。九時間も寝たことになる。

会社から帰ってきたとき、おばあちゃんがくまをなでていた。口をポカンと開けて寝ている。おなかが荒い息で上下に大きく動いていた。

その反動か、夜から朝まで何回も何回も奇声を発して。

みんな眠れないで朝をむかえた。


（平成十六年八月七日）

くまが元気に

夏、あんなに弱っていたくまが、十月になって見ちがえるように元気になっている。

ごはんも支えがなくてもひとりで食べている。

おばあちゃんの考えでごはんの器を玄関の上がり口に置くようにした。そうすることにより十センチぐらい器が高くなっているので、くまが大きく頭を下げなくてもごはんのところに口を持ってゆくことができる。

弱っていたときは、おかゆのような食事を少しずつ口に入れてやっていたのが、うそのように手伝うことなく食べてくれる。

明け方の四時頃、お母さんが一度目のさんぽに連れだした。戻ってきてすぐ、早いけれどくまの食事。

早くちょうだいと奇声を上げる前に用意をする。

少しでも眠りたいのでお母さんは二階に上がってゆく。

くまには三人のお手伝いさんがそばにいるみたい。

お父さん、お母さん、おばあちゃんです。

こんな幸せな老後を送ることができるくまは、よほど前世の行いがよかったのでしょうか。

くまは一体誰の生まれかわりだろうか。


（平成十六年十月十一日）

真っ赤な血が

くまの右のしっぽのつけ根にできものがある。去年気がついたときは枝豆くらいで大きなホクロかなと思っていた。

それがイチジクぐらいに大きくなっていた。

ウンチするとき、きばると血がにじんでいた。歩くときも元気な歩き方とはちがっていた。鮮血が床に落ちていた。

今年の春頃から時々かさぶたがはがれて血が出ていた。一度、夏頃、パコ動物病院に連れていってこの傷をなんとか治してやりたくてお父さんが先生に相談したことがある。

「老犬のくまは全身麻酔をすると眠ったまま目を覚まさないかも」と言われた。もっと早くホクロぐらいのときに連れていけばよかった。もっと早かったら治療方法があったかもと悔やまれる。

お父さんがくまの傷口を消毒している。

横むけに寝かせている。一番好きな人に手当てをしてもらっているからか、ずっと動かない。満足な顔をして目をつぶって、されるがままだった。

手当てが終わっても、二人っきりの余韻に浸っている。そして、しばらくして我にかえったのか自分のお気に入りの体勢になるため動きだした。

（平成十六年十一月二十日）

くまが呼んでる

くまはとてもきれい好き。今日も呼んでいた。

ウンチをするとき苦しそう。思い切り力を入れてしたいが、足が弱くてウンチの上に座り込んでしまう。悲しそうに「たすけて、たすけて」と呼んでいる。

みんな「ウンチ出たんか、おしっこ出たんか」と言いながらそばに行く。ウンチの上に尻もちをついているくまを起こしてやりながら、「かしこいなあ」とほめている。

きれい好きのくまは早く掃除してくれと大声でみんなに聞こえるように反り返って呼ぶのです。おしっことウンチは生きるための原点と、お父さんもお母さんも思っているから少しも苦になりません。

（平成十六年十二月二十六日）

おばあちゃんごめんね

会社から帰ってきたら、三和土のところにおばあちゃんが座っていた。

「今日はくまがよう鳴いて、なんにもできんかった。あーあ、しんど」と言いながら部屋に入っていった。それでもくまに毛布をかけて寝ているくまのそばであやしていてくれたのかと思うと、「すみません」とお母さんは謝った。お母さんはすぐ夕食作り。

「食事ができたよぉ」とおばあちゃんを呼ぶが「耳がおかしい、遠くのほうで聞こえる。なんにも晩ごはんはいらん」と言う。ラーメンに湯を入れて機嫌の悪い顔をして部屋で食べていた。

一番、世話をかけているから何も言えなかった。

くまをだっこして側道を行く。下に下ろすが足が思うように前に出ない。だっこして、また家に帰ってきた。

（平成十七年二月十日）

くまがひとりでごはんを食べる

昨日くまの世話で疲れたおばあちゃんは、今日は元気になったかな。

「ちょっと、出てきます」と言って、四時すぎまで帰ってこなかった。

お母さんは朝の十一時頃よりずっとくまのそばにいた。

くまは眠ったまま声を出している。起き上がるのがしんどいのかな。起こしてと言って鳴いていたのに、眠ったままおしっこしている。

今度は寝たままで声を出した。きれいにしてと眠りの中で呼んでいる。

くまを起こして立たせようとするが、後ろ足がピィーンと伸びたままだった。

このまま寝たきりになるのかと心配だった。

おなかが空いたのか二時頃、鳴きだした。ごはんを持ってゆく。鼻を器の底にくっつけるようにフギャフギャ言いながら食べている。自分で自分の意思で顔を入れて食べている。手伝わなくてもできているのが不思議だった。

食べ終わったあとのくまの顔を見る。

口のまわりにごはん粒がいっぱい。牛乳もついている。

ひとりでごはんを食べることができた。お母さんは「なんで、なんで」を繰り返しながらきれいにしている。

うれしい「なんで」だった。でも、くまの体をきれいにしているとき、気がついた。

時々体が痙攣《けいれん》していることを。


（平成十七年二月十一日）

くまが天国に

昨日より時々痙攣するようになる。

さんぽにだっこして連れてゆく。下に下ろしても一歩も歩けない。もうどの足も力が入らない。支えてやってもすぐ倒れる。

全身に痙攣が始まる。口を大きく開けて頭がゆれている。

寝たままウンチをした。

食事は一切受けつけない。牛乳をふくませようとしたが受けつけない。

くまのそばにいたかったと思うが、お父さんは出勤した。お母さんは会社を休んだ。

やっと九時になったのでパコ動物病院に電話した。「検査しないと」という。

おばあちゃんは朝早く出かけている。お母さんひとりでとても不安。

お昼までに五回も六回も痙攣した。全身がピクピク動いている。そのあと、昏睡状態に入った。

四時十分頃、動きだした。あんなに深く眠りこんでいたのに動きだした。あわてて水をふくませる。飲んだかどうか分からない。舌がベロッと床にたれている。頭を持ってみる。持ち上げてもすぐダラッと床に頭が下がってしまう。

口にスポイトで水を含ませる。やっぱり床に流れてしまう。歯が剝きだしになっている。

「くま、くま」と呼んでみる。目は開いているが反応がない。

くまをだきあげる。

おしっこが出てきた。寝ていたところの毛布もぬれていた。

くまが死んだ。

きれいな、安らかな顔をしてお母さんの腕の中で眠っている。

お母さんが最後のくまをひとり占めしている。

世界中で一番大好きだったお父さんでなく、お母さんにだっこされて。

くま、ありがとう。


（平成十七年二月十二日）

くまが望んでいる

くまはどんなに弱っていても、おしっことウンチは外でしたかった。

玄関の三和土で出てしまったときも、鳴いているときは外に連れてゆくとやっぱりしてくれる。

足が思うように動かなくなっても、だっこして外に連れてゆくとちゃんと用を足すのだった。

近所の人がお父さんに言ったことがあるそうだ。「弱っているのに散歩に連れていかんでもいいのに」と。

それはちがう。

くまが望んでいるから。それを家族は知っている。たとえだっこされていても外に行きたいのだと。

目も見えず耳も聞こえない鼻もきかない、声も出ない。ワンと言えない。奇声しか出せなくても、くまにだけ分かる何かがあるのかも。

日曜日の午後、お母さんがウォーキングに出かける。白い犬をだいた男の人に会う。

だかれた犬は後ろの両足がダラッと伸びている。歩くことができない。「突然力が入らなくなってしまった」と言った。

それでもおじさんはだっこして散歩している。

それは、白いワンちゃんが望んでいるから。

（平成十七年三月二十九日）

友達できたかな

今日もお父さんはお母さんに話している。

「天国とやらに行って、神戸から来ました藤原くまですと言っているやろか。もう友達できたやろか。お母さんやきょうだいに会えたやろか、と玄関のくまの写真に言うてるねん」

「この子はおだやかなやさしい子だったから、友達もすぐできるよ」

とお母さん、返事しといたよ。

くまが我が家に来たのは昭和六十三（一九八八）年の頃だった。

生まれてすぐの三ヶ月ぐらいの迷い犬だった。

その頃、堺に住んでいて、それまで三河犬のコロがいたが、病気で死んでコロの生まれ変わりのようにくまがやって来た。

熊の赤ちゃんみたいだったので、すぐお母さんが「くま」と名前をつけたのだった。

十七年間、一緒にいてくれてたくさんの思い出ができた。

いろんな人に可愛いがってもらった。くま、いっぱいいっぱいありがとうね。


（平成十七年四月九日）

著者プロフィール
藤原 靖子（ふじわら やすこ）
兵庫県神戸市生まれ、在住。
著書に『私のまわりの、神様たち』（2009年）、『私のまわりの、神様たち２』（2012年）、『私のまわりの、神様たち３』（2015年）、『私のまわりの、神様たち４』（2016年）、『私のまわりの、神様たち５』（2017年、いずれも文芸社）がある。

私のまわりの、神様たち　総集編

2019年４月15日　初版第１刷発行

著　者　藤原 靖子
発行者　瓜谷 綱延
発行所　株式会社文芸社
〒160-0022　東京都新宿区新宿１－10－１
電話　03-5369-3060（代表）
03-5369-2299（販売）

印刷所　株式会社暁印刷

ISBN978-4-286-20380-5